AF451338

MONICA LA BROCCA

All About You

~ INFERNO ~

&My BOOK

Collana Editoriale *Narrativa*
Prima Edizione Ottobre 2020

ISBN 978-88-6560-184-6

Prologo

Ottobre. Per molte persone potrebbe essere un mese speciale. Un nuovo inizio. C'è chi festeggia un evento importante, chi cambia ufficio perché ha avuto una promozione, chi invece inizia a dare i numeri perché si ritrova ad affrontare i primi problemi...

Per me, invece, è solo un mese come un altro. Dovrò impegnarmi con la sessione invernale degli esami nel mio ultimo anno accademico, e forse magari riuscirò ad andare via da questo stupido posto.

Sì, ma dove hai intenzione di andare veramente?

Non ho un'aspirazione vera e propria. A dire il vero non c'è niente che mi appassioni realmente. Ho solo deciso, tempo fa, che sarei stata una giornalista.

Di cosa?

Beh, troppe domande a cui ancora non ho trovato una risposta. Di sicuro so che dopo la laurea vorrei andare in Inghilterra e visitare i luoghi tanto decantati dai miei scrittori preferiti.

Probabilmente dovrei valutare l'idea di fermarmi lì e di specializzarmi in qualcosa... Chissà!

Sapete, per me è davvero difficile pensare al futuro, perché la vita mi ha già più volte mostrato quanto sia incerto il presente. Non è facile per me dire a un amico "ci vediamo domani", perché il domani va guadagnato e spesso le persone ti abbandonano senza preavviso.

Questo è quello che pensavo ormai da anni, finché non mi ritrovai in un piccolo e dolce *inferno*.

Capitolo 1

Una ragazza tutta casa e libri

*"Nel mezzo del cammin di nostra vita
mi ritrovai per una selva oscura
ché la diritta via era smarrita."*

Il caro vecchio Dante iniziò così il suo più grande capolavoro e anch'io voglio cominciare parlandovi del susseguirsi di eventi catastrofici che hanno caratterizzato la mia vita. Perché lo posso dire, la mia esistenza era stata un vero e proprio inferno, fino al giorno in cui incontrai lui.

Ma andiamo con ordine. Vi concedo una piccola descrizione di me, anche se potrei riassumere il tutto con un unico aggettivo: "apatica". Questo non significa che io non abbia amici o che sia la personificazione della gattara dei "Simpson". Ho solo una vita sociale da topo di biblioteca o da sociopatica compulsiva. *Fate voi, in fondo per me è uguale.* È strano per una ragazza di ventitré anni avere una concezione così pessimista della vita, ma il tempo mi ha insegnato che leggere un bel romanzo, a volte, è molto meglio che affrontare i problemi.

Quando frequentavo le scuole medie ero una ragazza abbastanza in carne. Per questo motivo i miei compagni di classe mi prendevano spesso in giro. Mia madre, una donna d'affari, sempre tutta in tiro, si vergognava del mio aspetto poco elegante, e sperando in un miracolo decise di iscrivermi in palestra.

Al tempo, le mie giornate le trascorrevo sempre fuori di casa, lontano dall'amore e dalle attenzioni che dei genitori "normali" avrebbero dovuto dare alla loro piccola.

Di questo ne riparleremo.

L'ultimo anno del liceo, invece, è stato un inferno a livello emotivo. Marc, il mio migliore amico, che per me rappresentava la mia unica e vera famiglia, era morto in un incidente stradale alla fine del terzo anno. Inutile descrivervi il mio dolore. Mi sentivo persa e sola... molto sola. Per questo decisi di trascorrere l'ultimo anno di scuola a casa di mio nonno, Anthony. Lui sì che sapeva dare amore, a differenza di mio padre, che lavorava chilometri e chilometri lontano da noi e tornava solo per il fine settimana... purtroppo pochi mesi prima del mio diploma il nonno venne a mancare a causa di un infarto. Ecco ripetersi la storia: mi aveva lasciata anche lui. Aveva solo sessantotto anni... pensare che dopo la cerimonia saremmo dovuti andare insieme in Inghilterra per due settimane. A oggi quel viaggio non ho avuto ancora il coraggio di intraprenderlo.

Fu proprio in quegli anni che iniziai a capire di non poter abbandonarmi alla mia infelicità e al ricordo di Marc e del nonno.

Decisi dunque di continuare con gli studi e di iscrivermi all'università, scegliendo un corso di laurea in Scienze Politiche.

Appena arrivata a Chicago, a ottocentoventuno chilometri di distanza dalla maledetta città in cui ero nata, ovvero da Kansas City, mi sentii come un pesce fuor d'acqua. Non riuscivo a socializzare, non avevo una vita extrascolastica e a lezione nessuno voleva fare coppia con me. Persino Roby, la mia compagna di stanza, sembrava non essere disposta a rivolgermi la parola; anche se, prima di quel giorno, non le avevo mai dato modo di fare quattro chiacchiere insieme... e pensare che avevo sempre avuto un'opinione positiva di lei. La si notava ovunque, infatti è sempre stata una bellissima ragazza, abbastanza mingherlina, con capelli lunghi e neri e occhi verdi come smeraldi. Sono sicura che a vederla vi sareste innamorati subito di lei!

Tralasciando questa evidente sviolinata, posso affermare che la mia indifferenza nei suoi confronti andò avanti per i primi cinque mesi, finché non mi decisi a tirare fuori le palle e a fare la prima mossa. Forse dovrei ringraziare i suoi amici: un giorno tornò in camera incazzata nera, molto probabilmente aveva litigato con loro e io, stranamente, mi offrii di essere la sua valvola di sfogo. Da quel momento diventammo come sorelle. Poco tempo più tardi, decisi persino di iniziare un lavoro part-time nella caffetteria del campus. Io che mi ero sempre ritenuta una perfetta sociopatica... Fu proprio in quell'occasione che conobbi quelli che attualmente posso definire conoscenti. Questo a dimostrazione che se mi impegno, posso essere una ragazza "normale" anch'io.

«Meg, la devi smettere di trascorrere giornate intere in dormitorio... Cazzo, esci un po'!»

Ecco a voi la classica frase che ero costretta a subire ogni giorno dalla mia cara amica Ally. Potrei di certo asserire che lei era una faccia della medaglia, e io ero l'altra.

Un giorno si presentò in caffetteria con un occhio nero. Inizialmente mi spaventai: pensavo che fosse stata derubata o picchiata, così le chiesi se avesse bisogno di aiuto. Poi mi accorsi che era solo una squilibrata e che l'occhio nero se l'era beccato durante una svendita ai grandi magazzini, quando una ragazza le aveva dato una gomitata a causa di una gonna contesa... Quella storia mi fece morire dal ridere, diciamo, in un modo che non assaporavo da tempo. Sì, Ally era tutto ciò che non ero io: superficiale e spensierata, ma le volevo lo stesso un mondo di bene. Nei suoi capelli rossi e negli occhi azzurri vedevo una voglia di vita che non trovavo in me, la passione per le cose semplici, tipica delle ragazze della nostra età... ma torniamo a me!

Come già vi avevo anticipato, sono una ragazza piuttosto riflessiva, non ho certo energie da sprecare inutilmente e come vi ho spiegato, preferirei di gran lunga rifugiarmi nei classici che vivere in questa oscura realtà. Questo non significa che io sia uno scherzo della natura. Tutt'altro. Sono abbastanza carina, ho capelli lunghi e biondi e gli occhi di un grigio-azzurro da fare invidia a chiunque, ma vi assicuro che il mio obiettivo giornaliero non era trovare un ragazzo con cui limonare tra una lezione e l'altra.

«Senti, cara! Non hai nessun altro a cui offrire complimenti gratuiti?» Era esasperante la sua insistenza.

«Meg, io proprio non riesco a capire perché tu non conceda un po' del tuo tempo alla tua carissima amica?»

Ogni volta che apriva bocca i suoi occhi assumevano la forma di due stelle luccicanti che avrei voluto cavargli volentieri. Per fortuna, si accontentava di una smorfia di disgusto e di qualche uscita occasionale che le "concedevo", prima di ripartire alla ricerca di nuove vittime da assillare!

La domenica, giorno in cui la maggior parte degli studenti universitari si ricordava di avere materiale di studio arretrato, io avevo ben poco da fare, così potevo abbandonarmi alla lettura nel parco adiacente al campus e svuotare la mente dai numerosi pensieri.

Dagli alberi sparpagliati qua e là nel parco, trasparivano appena i raggi del sole, tiepidi per il mese in cui ci trovavamo. La strada principale, che sembrava volersi fare spazio tra le siepi, era affiancata da marciapiedi e piste ciclabili fin troppo larghe per i miei gusti, ma che almeno non avrebbero permesso "agli ospiti" di sollevare polvere mentre passavano dinanzi alle panchine.

Una di quelle domeniche riuscii a trovare una seduta libera senza fare troppi chilometri – sapete, io e l'esercizio fisico siamo perennemente in lite – e dopo averla occupata, armata di cuffiette e accompagnata dalla carissima Jane Eyre iniziai a perdermi nel suo mondo. Perdermi è dir poco! Le ore trascorrevano e iniziava a essere fin troppo buio. Dovevo assolutamente tornare al campus per il turno in caffetteria. Tuttavia…

«Merda! Per poco non ti buttavo sotto. Dove hai la testa?» urlò una voce irritata e a sua volta irritante.

«Cosa Cazzo corri?!» urlai senza neanche alzare lo sguardo, dopo aver rischiato di essere investita da un idiota. «Sei un imbecille! Dovresti rispettare i limiti previsti dal codice?!»

«Perché correre senza guardare la strada pensi sia normale?»

A quell'affermazione alzai lo sguardo per vedere chi potesse mai essere il deficiente con cui avevo a che fare, ma mi resi subito conto che si trattava di uno stupido montato e narcisista: alto (*bello*), dalla pelle color caramello (*bello*) e dai capelli nerissimi; forse un mio coetaneo. *Wow*. Guidava uno di quei maledetti SUV neri da far perdere la testa a chiunque.

«Sì, come no» risposi, quindi raccolsi le mie cose e proseguii dritta verso la mia stanza. Poco prima di voltarmi, però, mi accorsi del suo sguardo perplesso.

Forse non gli avevano mai risposto a tono, dato il suo bel faccino da nobile viziato.

Dovevo smettere di pensarci. Il mio unico obiettivo, al mio ritorno, sarebbe stato fare una doccia e andarmene dritta filata al lavoro. In più l'indomani mi aspettavano sei ore di lezione, e non volevo più passarle come la perfetta emarginata, costretta sempre a sedere nell'ultima fila.

Riposai bene, e il giorno seguente mi svegliai pronta ad affrontare la vita come una vera combattente. Presi la borsa senza pensarci su troppo, ma un attimo prima di varcare la soglia Roby mi avvisò che nel pomeriggio suo fratello sarebbe passato in camera a salutarla. Quindi se mi fossi imbattuta in un "omaccione" non mi sarei dovuta spaventare.

Lei non parlava quasi mai della sua famiglia. Sapevo però che aveva una sorella da poco laureata in medicina e un fratello di un anno più grande di noi, che studiava Legge in un'altra università non lontana dalla nostra. In quel momento mi sentivo lusingata di conoscere un membro della sua famiglia.

In ogni caso mi incamminai con molta calma verso l'aula. Mancava mezz'ora all'inizio della lezione di Economia, e fui la prima ad arrivare. Avevo capito ben presto che la maggior parte degli studenti preferiva fare baldoria la domenica e iniziare con tutta calma, quando arrivava il lunedì, magari dopo un bel caffè e una sigaretta.

Questo non era di certo il mio caso, almeno così pensavo...

Iniziata la lezione mi accorsi di attendere con ansia la sua fine. Fu solo un tormento di grafici, che facevano appisolare persino una studentessa modello come me. Per questo pregai che almeno quella di Relazioni internazionali fosse accompagnata da un dibattito, o comunque da qualcosa di più vivace.

Il professore non tardò a fare il suo ingresso in aula con uno sguardo fiero e con la sua tenuta perfetta ed elegante.

«Buongiorno a tutti, ragazzi. Inizieremo il corso con un argomento che forse troverete interessante. Oggi comincerò a illustrarvi le esercitazioni in cui simuleremo insieme una serie di controversie internazionali.»

La frase del professor Dylan rimase in sospeso, perché la porta dell'aula si aprì con un tonfo esagerato, lasciando tutti senza parole.

«Buongiorno professore, chiedo scusa per il ritardo e l'interruzione di pocanzi...»

A quelle strane parole di presentazione i ragazzi iniziarono a vociferare, mentre le ragazze sembravano essere state mummificate. Il professore invece non parve tanto sorpreso da un ingresso così teatrale, e con una smorfia un po' irritata invitò il ragazzo a sedersi.

La sfortuna volle che l'unico posto rimasto libero fosse quello dietro di me.

Fortuna o sfortuna?

Mentre si affrettava a salire i gradoni notai con disgusto il suo viso familiare. Era l'idiota che il giorno prima aveva attentato alla mia vita.

«Oh! Buongiorno, Bubble» mi disse con un sorrisetto divertito nel notarmi tra i banchi.

«Scusami?!»

Ero affascinata, proprio come le altre, da tutta quella bellezza ma ero, soprattutto, irritata! Non solo perché il giorno prima non mi aveva chiesto scusa per quello che aveva fatto, ma anche perché ora mi toccava passare un intero semestre "in compagnia" di un perfetto idiota.

«Niente di particolare. Stavo solo ricordando la "pallina" che stava per rovinare la mia vettura» mi rispose cercando di non farsi sentire, ma la sua risata lo tradì, e il professor Dylan fu costretto a richiamarlo e per poco non sbatté fuori me!

Quel ragazzo era fuso: non avevo mai visto un individuo ridere in quel modo alle sue stesse parole!

«Come stavo dicendo prima di essere interrotto, tutti voi prenderete parte a questo ciclo di esercitazioni, che inciderà per il settanta per cento sul voto finale del vostro esame di Relazioni internazionali. Lavorerete a coppie, che formeremo tra oggi e domani.»

«Il settanta per cento è scandaloso! Avrò bisogno di una partner secchiona se voglio assicurarmi un bel voto» disse lo sconosciuto, guardandomi con occhi maliziosi.

Quelle parole furono accompagnate da un mio affettuoso dito medio, dopodiché, durante la prima pausa tra le due ore consecutive di lezione, decisi di cambiare posto.

Quel giorno le lezioni furono una più pesante dell'altra, specialmente dopo quello sgradevole incontro.

Finalmente giunsero le quattro del pomeriggio. Desideravo solo buttarmi sul mio "comodissimo" letto, ma prima dovevo incontrare il fratello di Roby ed essere gentile con lui. Il mio compito era fare buona impressione.

Iniziai a immaginare che tipo di persona potesse essere. Mi chiedevo se le somigliasse, se fosse anche lui così dolce e allo stesso tempo lunatico. Una cosa era certa, non poteva essere peggio di quell'imbecille.

«Josh, è arrivata!» squittì Roby appena sentì che stavo aprendo la porta. Non feci neanche in tempo a entrare che mi si gettò al collo, abbracciandomi.

«Ciao Roby, scusa il ritardo ma oggi è stata una giornata davvero difficile. Sai, ho dovuto affrontare un…» Rimasi impietrita, senza neanche terminare la frase, quando focalizzai la mia attenzione su suo fratello seduto alla mia scrivania.

«Ehi! Così tu saresti la compagna di stanza di mia sorella… Che coincidenza!»

Nella vita ne avevo già viste tante, anche di ben peggiori, ma non mi sarei mai aspettata che il destino ce l'avesse tanto con me. Lui era lì, a fissarmi con il suo solito sorriso da ebete in tutta naturalezza, mentre a me si intrecciava lo stomaco dal nervoso e dalla delusione. *Forse.*

«Ma come, già vi conoscete?» disse Roby al fratello. «E quando è successo? Uffa, io volevo farti una sorpresa...»

«Sorellina, non mi avevi detto di essere in stanza con una squilibrata? Pensa che questa ragazza goffa stava per distendersi sul cofano della mia macchina ieri pomeriggio!» affermò Josh, sorridendo.

«Non può essere davvero tuo fratello questo imbecille? Io speravo di trovare un... una versione di te al maschile e non un narcisista rompipalle!»

La mattinata era stata asfissiante, e la sera si prospettava anche peggiore. Addio buoni propositi...

«Vedo che non ti sono particolarmente simpatico... Pazienza! Adesso vi saluto, vado a casa. Ciao sorellina» disse il ragazzo dandole un bacio sulla fronte. «Ci vediamo alle sette, non metteteci tanto a uscire da questo dormitorio, o dovrei dire da questo mortorio.»

E se ne andò con passo deciso, senza voltarsi indietro.

«Roby, perché parlava al plurale?» dissi quando rimanemmo sole. «Che cosa mi sono persa?»

Odio quando le persone organizzano le mie giornate senza prima consultarmi... Ma soprattutto odiavo l'idea di dover trascorrere ancora il mio tempo con quella sottospecie di ragazzo.

«Mi sono semplicemente presa la briga di farti "vivere" un paio di ore di libertà, data la monotonia delle tue giornate!» rispose Roby.

«E no, cara!» replicai io, sempre più irritata. «Se vuoi provare a farmi sentire in colpa, per il tono che ho usato, non ci riuscirai. Il fatto è che tuo fratello è un grandissimo cafone, e sono disgustata dall'idea di farmi vedere in giro con lui. Nella mia vita ho già avuto modo di incontrare molte persone con un carattere altezzoso come il suo, ma...»

La mia frase rimase in sospeso accompagnata dal mio sguardo interdetto, mentre a Roby sfuggì una risata divertita. Credo proprio che se non fosse stata una delle mie pochissime amiche non si sarebbe trattenuta dal dirmi qualcosa del tipo "Credi davvero che a qualcuno interessi con chi esci?"

Capitolo 2

Sei più fastidioso dell'influenza in estate

Mi gettai sul letto come un elefante si getterebbe in un fiume e subito Roby iniziò a raccontarmi qualcosa della sua famiglia.

Scoprii che suo fratello – si chiamava Josh – aveva ventiquattro anni; era iscritto alla Facoltà di Legge in un altro ateneo, ma era stato espulso al seguito di una lite con alcuni suoi coetanei. Mi raccontò infatti che i suoi vecchi amici non erano persone molto tranquille: i soliti tipetti da confraternita che si ubriacavano tutte le sere, finendo protagonisti di numerose risse. Mi spiegò che il loro padre era una persona molto influente e proprio per questo era riuscito a evitare che l'accaduto entrasse a far parte del suo curriculum. Così lo obbligò a iscriversi alla nostra università insieme alla sorella e visti i precedenti aveva fatto in modo di posizionarlo il più lontano possibile dai dormitori. Infatti, lo aveva costretto ad affittare un appartamento, avvertendolo che in caso di un altro fallimento gli avrebbe tagliato i fondi.

«Vedi Meg, lui si è sempre sentito di troppo nella nostra famiglia...» fu la frase di Roby che mi rimase più impressa tra tutte le cose che mi aveva raccontato. *Una frase che mi rispecchiava pienamente!* Compresi che, per quanto potesse essere un tipo antipatico, avesse bisogno di sentirsi accettato, diciamo, parte integrante di qualcosa.

Stavi parlando di lui o di te?

«Mi ha chiesto di fargli visitare la zona. Ti prego, fai uno sforzo e vieni con noi, Meg!»

«Va bene» dissi io. «Ma lo faccio solo perché ti voglio bene, sappilo! Comunque, cerchiamo di non fare troppo tardi: domani ho lezione alle otto e mezza, e ora che ci penso ce l'ha anche tuo fratello...»

Provai a rassicurarla e a risollevarle il morale facendole una smorfia, e lei ricambiò con un sorriso a trentadue denti.

Che io non uscissi spesso era risaputo negli ambienti dell'università e se Ally avesse scoperto che stavo per abbandonare la mia tana durante la settimana, di sicuro, avrebbe iniziato uno dei suoi monologhi.

Ma pazienza! L'indomani le avrei inviato un messaggio per invitarla a bere un caffè, e le avrei raccontato tutto.

Quando fu ora di prepararmi, visto il mio scarso entusiasmo e la stanchezza, optai per un look abbastanza casual ma nonostante l'impegno continuavo a somigliare a una tossica.

«Sei pronta? Josh ci sta aspettando in macchina» mi disse Roby mentre finivo di contornarmi un po' gli occhi con la matita.

Macchina?, pensai. Quanto lontano avevano intenzione di andare? Comunque in pochi minuti ci incamminammo verso l'auto di Josh, che ci aspettava appoggiato alla portiera con le braccia incrociate. Indossava un jeans abbastanza attillato, una maglietta bianca e una giacca di pelle leggera.

In quel momento avrei potuto trovarlo carino, se solo fosse stato un completo sconosciuto.

«Allora, vi date una mossa? Sto morendo di fame...» disse aprendo con forza le portiere. Non saprei dire se lo avesse fatto per fretta e fame, o perché quella rozzezza era nella sua natura, ma ormai ero prevenuta nei suoi confronti, quindi non mi ci soffermai più del dovuto.

Il viaggio per fortuna non fu lunghissimo, poiché ci fermammo in un pub non molto lontano dal campus.

Una volta entrati e scelto il tavolo, la cameriera ci consegnò i menu e ci lasciò un po' di tempo per decidere. Guardandomi intorno notai che era tutto molto rustico. Il locale aveva un parquet in noce e le pareti si abbinavano perfettamente al pavimento, mentre in fondo alla sala si poteva intravedere un piccolo palco. Probabilmente durante il fine settimana organizzavano concerti con band locali, o più semplicemente delle serate karaoke.

«Cosa avete deciso?» canticchiò la cameriera. Le loro scelte furono normali. La mia, invece, fu quella di una ragazza che non si era ancora liberata dei vizi di chi è troppo in carne. Ordinai, infatti, una di quelle pizze con un nome strano, sapete, quelle che usualmente prendono il nome del locale... E che sono piene di qualsiasi schifezza...

Josh cominciò subito a punzecchiarmi: «Sai non dovresti mangiare così tanto, potresti ingrassare e diventare brutta...»

«Mangio quanto mi pare, non mi sembra di dover chiedere il permesso a nessuno.» In quel momento pensai che probabilmente mia madre in una situazione del genere mi avrebbe detto la stessa cosa. Sì, per lei avere qualche chilo in più era sinonimo di bruttezza e solitudine.

La mia amica, invece, sembrava alquanto divertita da quel botta e risposta, ci guardava con un'aria curiosa. Sembrava quasi che ci stesse studiando per ingannare il tempo in attesa dell'ordinazione.

Da bere Josh ordinò una birra alla spina, mentre noi ci limitammo a chiedere una bibita analcolica. Anche dalle nostre scelte davamo conferma della nostra clausura.

Ti rendi conto che stai praticamente dicendo che siete due sfigate?

«Sai non dovresti bere visto che domani abbiamo lezione» consigliai forse con tono fin troppo acido a Josh – ma lui si limitò a ignorarmi, e continuò a guardarsi intorno, fino a quando non si degnò di fare conversazione.

«Parlami un po' di te, Meg. Di dove sei? Come mai hai scelto quella facoltà?»

Sapevo che sarebbe arrivato il momento di quelle noiose presentazioni ufficiali, e sebbene fossi seccata dall'interrogatorio decisi di rispondere con cortesia, giusto per non deludere Roby, che era felicissima di trascorrere del tempo con suo fratello.

Cosa non avresti fatto per la tua amica?

«Beh, vengo da molto, molto lontano. Vorrei diventare una cronista politica, entrare nel giornalismo, non so ancora bene… Mio padre è un architetto e viaggia sempre per lavoro, torna a casa un weekend sì e uno no, mentre mia madre è un avvocato – quindi anche la sua presenza è… relativa, in casa. Sono figlia unica, ma non sento affatto la mancanza di fratelli e sorelle…»

Forse avevo dato più informazioni del dovuto, ma andava bene così. Tanto erano le stesse cose che anche Roby gli avrebbe potuto riferire in mia assenza. Non riuscivo a capire come mai lui continuasse a fissarmi senza proferire parole che non fossero commenti stupidi e sarcastici, ma tutto sommato fu una piacevole serata. Tutti e tre ci divertimmo a prendere in giro un cameriere abbastanza imbranato che buttava a terra due ordinazioni su tre. E poi io e Roby stuzzicavamo Josh perché aveva attirato l'attenzione di una tavolata di ragazze predatrici: ma lui non sembrava per nulla turbato dalla situazione.

Restammo lì un paio di ore, poi andammo a prendere un gelato, e lì la mia ingordigia fece ingresso senza pudore. Amavo il gelato alla nutella, e questo portò quel cretino a fare nuovamente battute fuori luogo... Ma quando decidemmo che era arrivato il momento di rientrare in dormitorio, proprio come all'inizio della serata, Josh aprì rudemente le portiere dell'auto. Considerai che nonostante la poca grazia, quello era tutto sommato un gesto di educazione che altri ragazzi non sarebbero stati attenti a fare. Ora posso senza dubbio affermare che in quel momento Josh si era dimostrato un bravo ragazzo.

La tua pecca era stata non ammetterlo subito!

Josh fu dolce anche nel modo di salutare la sorella: la lasciò davanti all'ingresso solo dopo averle scoccato un tenero bacio sulla guancia.

«Ci vediamo domani mattina a lezione, Bubble» aggiunse prima di risalire in macchina e lasciare il nostro dormitorio. Non feci in tempo neanche a replicare che le luci della sua macchina scomparvero dietro l'angolo.

«Complimenti! Sei una delle poche persone che vanno a genio a mio fratello.» Roby fino a quel momento aveva evitato di fare commenti, e non era la persona da cui aspettarsi frecciatine; la lanciai io invece, la frecciatina: «Ha solo trovato in me un capro espiatorio ai suoi numerosi problemi.» Tagliai corto perché non mi andava di pensare al mio nuovo problema, a quel ragazzo così contraddittorio, tanto dolce quanto arrogante.

Quella notte non riuscii a dormire molto. Ripensavo senza sosta alla conversazione che avevamo avuto noi tre, e agli sguardi persi nel vuoto di Josh. Mi colpiva molto il modo in cui la sorella lo esaltava e in un certo senso lo difendeva; questo pensiero mi accompagnò fino al mattino seguente.

Mentre preparavo lo zaino, riflettevo sul bel rapporto che c'era tra Josh e Roby.

Invidia o ammirazione, Meg?

No, la mia non era invidia, era un'ammirazione sincera, perché affermando che non mi pesava essere figlia unica avevo detto la verità. Però quel rapporto così stretto mi portava alla mente Marc: pensavo che anche noi, spesso, dopo aver fatto i compiti, andavamo a cena fuori, e ogni volta ci divertivamo un mondo... Quel ricordo mi fece scendere una lacrima. Fortuna che nessuno poteva vedermi...

Una volta entrata in aula mi misi a sedere esattamente dove il giorno prima mi aveva trovata Josh, anche se come al solito era presto e potevo scegliere il posto che preferivo. E decisi che quello sarebbe stato il mio posto fino alla fine del corso.

Una ragazza abitudinaria...

Cinque minuti dopo arrivò Josh: anche lui iniziò la giornata dirigendosi allo stesso posto del giorno precedente. «Buongiorno Meg» mi disse accennando un sorriso. Era una frase di routine, ma aspettate, questa volta mi aveva chiamata per nome!

«Oh, il rompipalle! Noto che finalmente hai imparato il mio nome.»

«Se fossi in te non mi ci abituerei» rispose. «Se ti ho chiamata così è solo perché sono le otto e un quarto e ho ancora sonno... Anzi vedi di non parlare troppo e di lasciarmi dormire ancora un po'.» Nonostante quelle parole il suo tono era esitante, praticamente balbettava. Quel ragazzo era un mistero, non riuscivo proprio a capirlo.

Piano piano l'aula iniziò a riempirsi finché non arrivarono anche le ragazze del fan club dell'idiota. Quelle oche ridicole nemmeno lo conoscevano e già gli sbavavano dietro!

Una volta arrivato in aula, il professor Dylan continuò a illustrare il programma delle esercitazioni. Ci spiegò come avremmo dovuto impostare le nostre tesi e quale sarebbe stata la controversia che avremmo dovuto risolvere, oltre agli stati che avremmo rappresentato. Questo stava a indicare tanto studio!

«E adesso è il momento di formare le coppie e di stabilire i rispettivi compiti» continuò il professore.

In quel momento un brivido mi salì lungo la schiena, e la mia paura fu confermata quando lo scimmione pronunciò il mio nome come sua scelta. A oggi, penso che quello fu il primo segno che Josh mi diede, e che avrei dovuto coglierlo subito...

Il buongiorno si vede dal mattino, Meg!

«Ma non è possibile!» esclamai, attirando lo sguardo invidioso delle mie compagne di corso, ignare che avrei ceduto volentieri Josh.

«Sei contenta, Bubble? Studieremo insieme per tutto il semestre!» gridò Josh afferrandomi per le spalle e tirandomi verso di lui. Ecco, non solo non avevo una vita sociale, non solo le ragazze del mio corso già mi odiavano, ma dovevo pure fare coppia con quel narciso...

Sarebbe stato un anno molto lungo!

Alla fine della lezione decisi che per risollevarmi il morale mi ci voleva un doppio espresso.

Dannazione, Josh era anche lì al bar!

«Bubble, dove vai senza di me?» mi chiese mettendomi di nuovo il braccio sulla spalla.

Meg, fai un respiro profondo, ed evita di prenderlo a pugni in mezzo alla piazza del campus, davanti a tutti...

«Prima di tutto toglimi quel braccio di dosso, poi... Dopo quello che hai fatto, ho bisogno di un caffè, anzi due...»

«Tesoro, bastava dirmelo, ti faccio compagnia con piacere.» Quanto odiavo quel maledetto sorriso che compariva alla fine di ogni sua frase!

«Non ti ha sfiorato l'idea che non te l'ho detto perché non volevo la tua compagnia?» insistetti, ma lui non mi ascoltava e continuava a seguirmi. «Lo sai? Sei più fastidioso dell'influenza in estate.»

E poi fu il turno di Ally, che appena entrata nel bar mi si fermò davanti, quasi scioccata: «Ora devi spiegarmi come hai fatto a trovarti un ragazzo stando sempre chiusa in camera... e così bello poi!»

Non potei fare altro che alzare gli occhi al cielo a quell'affermazione. Josh, invece, scoppiò a ridere.

Dovevo ammettere che aveva una risata proprio bella.

Ma a cosa stavi pensando?

«Tu sì che apprezzi la bellezza e valorizzi le mie doti» disse Josh ad Ally.

Ero scioccata! Si poteva essere più presuntuosi di lui? Chissà se sapeva collegare il cervello alla bocca prima di parlare.

«Lascialo stare, Ally» dissi allora. «È solo un povero stupido che non capisce quando arriva il momento di mollare la presa. Cambiando discorso, oggi sei libera? Ti va di fare un giro al centro commerciale?»

Ally invece di rispondermi continuava a guardare Josh, sembrava paralizzata, proprio come ogni ragazza che si imbatteva in lui... Era strano, in tutti questi anni era capitato anche a me di prendere sbandate per alcuni ragazzi, ma di certo se me li trovavo davanti non rimanevo a boccheggiare come un pesce in un acquario!

«Va bene, adesso che c'è la tua amica posso lasciarti con lei» si affrettò a dire Josh, distogliendomi dai numerosi pensieri che invadevano la mia mente.

«Fammi capire, mi hai seguita per non lasciarmi sola? Oppure per spiarmi?» dissi irritata.

Lui non rispose e ci salutò in fretta alzando la mano sopra il capo; in quello stesso momento Ally mi afferrò per il braccio e mi trascinò al nostro solito posto, chiedendomi di spiegarle ogni minimo dettaglio: come lo avevo conosciuto, chi era, che cosa studiava e in che rapporto ci trovavamo... Con fare quasi scocciato le raccontai ogni cosa. Le dissi che lo avevo conosciuto per caso il weekend passato, e che continuavo a vederlo solo perché era il fratello di Roby. Non c'era niente d'interessante da riferirle, era solo un arrogante col quale avevo un corso in comune e con il quale avrei dovuto svolgere una tesina importante nei prossimi mesi... *già!*

«Inoltre, e per colpa sua, tutte le ragazze del mio corso, che si sono riunite nel suo ridicolo fan club, vorrebbero farmi la pelle.»

Nonostante la mia spiegazione diretta e logica, non riuscii a togliere quel sorriso malizioso dal volto di Ally. Sapevo dove voleva arrivare, e le spiegai che non mi interessava minimamente in quel senso.

«Ally, l'ultima cosa a cui voglio pensare ora è un ragazzo, chiunque sia. Sono una persona scettica e tardo ancora a fidarmi del tutto delle mie amiche, fatta eccezione per te naturalmente... Figuriamoci se avrei la forza e la testa di gestire una storia sentimentale.»

«Però devi ammettere che è proprio bello.» Ally era così esaltata e presa da questa storia che batteva le mani dall'euforia, proprio come una bambina. «In ogni caso – come mai *proprio tu* mi hai chiesto di andare a fare shopping? Fammi sentire se ti scotta la fronte, magari hai l'influenza e stai delirando.»

Alzai gli occhi al cielo e le ricordai che non tornavo spesso a casa a fare il bucato o il ricambio dei vestiti. Inoltre, siccome il calendario ci ricordava che era già giunto il dieci ottobre, avevo bisogno di abiti un tantino più pesanti, in vista dell'inverno.

Non c'era altro, Meg?

Beh, ecco... Non volevo che Ally provasse pena per me, ma speravo che avesse ormai capito che la mia famiglia non era esattamente come la sua... Per fortuna lei non aveva mai fatto troppe domande su di loro, si accontentò della mia spiegazione, e accettò di accompagnarmi.

Capitolo 3

Amo fare shopping... proprio come un
pipistrello ama la luce del sole

Prima di incontrarmi nuovamente con Ally avrei dovuto seguire altre tre ore di lezione.

La prima ora fu di Letteratura inglese, il miglior opzionale che avessi mai potuto scegliere. Il tempo passò senza che nemmeno me ne accorgessi, assorta com'ero nel seguire le riflessioni su Jane Austen della professoressa Witty – doveva essere di origine scozzese, o così suggerivano il suo strano accento, i bei capelli rossicci e le piccole lentiggini. La seconda lezione era invece Sociologia. Il professore si chiamava Frank, aveva all'incirca quarant'anni; i capelli erano brizzolati e il fisico asciutto, ma anche lui, come me, sarebbe stato un perfetto cittadino di Lilliput. Durante le prime lezioni il docente si soffermò soprattutto sul rapporto tra la storia e l'evoluzione dei rapporti tra gli uomini. Erano discorsi necessari per farci entrare nell'ottica della materia; ma le sue lezioni erano lente e noiose, e io avrei voluto spiegare al professore che l'essere umano si era sviluppato solo fisicamente e non intellettualmente, come cercava di asserire lui.

Poi fu la volta di un laboratorio di informatica, non particolarmente impegnativo, tenuto dal professor Arthur, un omino stempiato dai buffi occhialetti spessi e rotondi. Per quanto *nerd* nell'aspetto, il professore non sembrava molto entusiasta del suo insegnamento, ed era visibilmente stanco e annoiato. Ormai erano le due e proprio come noi aveva fretta di tornare a casa.

Per oggi potevo dire di essere soddisfatta. Non avevo avuto distrazioni particolari, e di lì a poco avrei incontrato Ally. Quindi tornai velocemente in camera. Mi accorsi però che Roby non era ancora tornata. Pensai che molto probabilmente stesse gironzolando da qualche parte con il fratello. Se fosse rientrata prima, l'avrei invitata a trascorrere un po' di tempo insieme a noi.

Peccato! *Mea culpa*, lo ammetto! Ma in futuro, credetemi, si sarebbero presentate infinite occasioni per uscire.

Afferrai una borsa e mi accorsi di aver preso con me la "carta magica" che i miei genitori puntualmente provvedevano a ricaricare per compensare la loro assenza. Raggiunsi l'uscita dell'ateneo, e la trovai subito fuori, seduta in macchina ad aspettarmi.

Naturalmente era al settimo cielo. Finalmente dopo infinite settimane di clausura avevo trovato qualche ora da dedicarle, e una volta tanto ero stata io e non lei a invitarmi.

Il centro commerciale non era molto distante dal campus. Per raggiungerlo ci volevano circa un quarto d'ora in macchina e una mezz'oretta a piedi. Era abbastanza grande, contava tre piani e una cinquantina di negozi, e di certo non mancava niente al suo interno: profumerie, negozi di vestiti e di calzature, parrucchieri, una bellissima libreria, caffetterie e rosticcerie... Un posto ideale per rilassarsi...

Iniziammo a esplorare il primo piano, e per quanto mi riguarda, riuscii a farmi piacere solo un maglioncino color crema, mentre Ally aveva già collezionato un sacco di *shopping bag*.

«Dai Meg» mi stuzzicò la mia amica. «Mi hai detto che ti servivano dei vestiti, e finora hai comprato solo un maglioncino con quel colore triste e smorto...»

Come facesse Ally a essere così piena di energie, dopo una giornata non stop di corsi, non lo avevo ancora capito. Ma non potevo farci nulla, amavo fare shopping proprio come un pipistrello ama la luce del sole.

«Sì, lo so» mi limitai a rispondere, con tono non troppo convinto. «Dammi un po' di tempo e trovo qualcosa anch'io.»

E infatti, al secondo piano riuscii a trovare qualcosa di interessante: due jeans, due felpe che promettevano di essere caldissime, un paio di pantaloni dai colori autunnali e un cappellino.

«Hai visto, te l'avevo detto che avrei recuperato» dissi, ed entrambe ridemmo: finimmo per ammettere che al di là delle mie effettive necessità avevo comprato quelle cose solo per farla contenta.

Poi a un tratto sentimmo delle grida provenire dal lato opposto della balconata: «Ragazze!»

Ci girammo d'istinto e vedemmo Roby che richiamava la nostra attenzione saltellando come una bambina. È inutile spiegarvi la mia felicità nel vedere che anche lei si stava per aggregare a noi. L'unico problema era la persona che le faceva da accompagnatore. Ebbene sì, vicino a lei c'era Josh.

Il narciso...

Guardandolo bene, in quel momento pensai che fosse ancora più alto di quanto avevo creduto. Forse l'effetto era dato dal paio di jeans che indossava, nero e stretto, accompagnato da una maglietta grigia a maniche corte. Quello fu l'istante preciso in cui mi accorsi per la prima volta della presenza di un tatuaggio sul braccio sinistro. Probabilmente il disegno arrivava fin sulla spalla; non riuscivo a capire bene che cosa rappresentasse, ma in fin dei conti, all'epoca, non mi interessava più di tanto.

Ally salutò Roby mentre le andavamo incontro. «Tesoro! Vedo con piacere che c'è anche quel figo di tuo fratello... Hai visto, Meg?»

Feci un cenno con la testa per indicarle di aver capito, ma subito dopo alzai gli occhi al cielo dall'esasperazione.

«Uffa, Meg, ma è mai possibile che tu sia sempre così altezzosa?» mi disse spazientita Roby, sbuffando. Era così orgogliosa del fratello, si vedeva che li univa un legame davvero solido.

«Dai, non ti arrabbiare, Roby!» intervenne Ally. «Stamattina tuo fratello ha accompagnato la nostra Meg in caffetteria, e io ho avuto il piacere di ammirare il suo bellissimo fisico.» Sembrava volesse mangiarselo con gli occhi, e nel pronunciare quella frase inumidiva le labbra con la lingua.

Come facesse Ally a dire cose così imbarazzanti senza rendersene conto, per me era ancora un mistero. Le diedi una gomitata a mo' di avvertimento. Non stava bene elogiare quel pavone, quello scimmione, quel vanitoso, e accrescere ulteriormente il suo ego già sproporzionato.

D'altronde lo scimmione era stranamente silenzioso. Continuava a guardare la sorella senza mai alzare lo sguardo verso di noi, finché non decise di salutarci. «Ehi, Ally» disse come se la conoscesse da sempre, accennando a un inchino. Poi si girò verso di me, e come al solito iniziò a parlare a vanvera.

Lo preferivi quando stava zitto, vero?

Mi sa proprio di sì, visto come mi parlò: «Bubble, non vorrai dirmi che stai cercando di comprare qualcosa per sembrare più carina e fare colpo su di me?»

Decidemmo di continuare il giro tutti insieme – o meglio, a decidere erano state quelle due. Io avevo solo acconsentito con disgusto. Non potevo incontrarlo a lezione e ritrovarmelo in giro anche di pomeriggio. Però, prima di continuare il giro per i negozi, visto che ormai erano le sei e mezza e io cominciavo ad avere un certo appetito, decidemmo di fermarci in una rosticceria.

Il mio unico pensiero, a distanza di anni, continuava a essere il cibo.

Che vergogna, Meg!

Con sorpresa Josh si offrì di prenderci qualcosa da mangiare, lasciandoci un po' da sole.

Non appena si fu allontanato di qualche metro, Roby ci spiegò che al fratello servivano alcuni libri e che lei gli aveva suggerito, senza successo, di andare a comprarli il giorno dopo. A quanto sentivo, Josh aveva insistito per andarci nel pomeriggio. Fu proprio grazie a quell'affermazione che io e Roby sentimmo la più grande stupidata mai uscita dalla bocca di Ally: «Scommetto che è voluto venire oggi perché ha sentito Meg quando mi ha chiesto di accompagnarla.»

A quella frase si voltarono entrambe verso di me. A mio avviso quelle due erano pazze. Io, invece, ero stata distratta da altri ricordi...

L'ultima volta che ero stata in un centro commerciale con un ragazzo risaliva all'ultimo anno di liceo. Lui si chiamava Seth, e dopo tante moine era riuscito a convincermi a uscire con lui. Anche dopo la scomparsa di Marc io continuavo a essere abbastanza popolare tra i ragazzi. Appena arrivammo ai grandi magazzini, però, fui presa da una crisi di panico, così fui costretta a chiedergli di riaccompagnarmi subito a casa. Tutto perché ero solita andare a fare shopping con il mio migliore amico. Ricordo che ogni volta che arrivavamo lì, entrambi sentivamo il richiamo dell'odore di fritto, per cui, prima di darci allo shopping frenetico, eravamo obbligati a mangiare come se non ci fosse un domani... E poi c'era il ricordo di mio nonno, che mi accompagnava spesso in libreria: a differenza dalla routine che avevo con Marc, ogni volta che mettevamo piede nel centro commerciale, il nonno aveva l'abitudine di regalarmi un segnalibro. Sapeva già che non sarei uscita da lì senza comprare prima un libro...

I miei pensieri furono interrotti da qualcosa di unto appoggiato alla mia bocca. Era Josh che cercava di farmi ritornare sul pianeta terra facendomi mangiare una patatina.

«Idiota!» bofonchiai con tono acido.

«Perché non ascolti quello che ti stanno dicendo le tue amiche?» disse Josh; quelle parole mi fecero girare di scatto verso di loro, e mentre cercavo di scusarmi, Ally mi ripeté quello che avevano appena finito di dire.

«Allora, ti va se andiamo a fare un giro prima nei negozi al terzo piano, e poi in libreria?» Probabilmente erano così comprensive perché avevano intuito che ero scivolata in uno dei miei soliti pensieri tristi. Quindi per recuperare la giornata e per stemperare la situazione annuii sorridendo.

Raggiungemmo il terzo piano, visitando prima il negozio di scarpe, dove rimasi letteralmente incantata da un paio di décolleté rosso lucido che vista la mia vita sociale, non avrei mai avuto occasione di mettere. Così abbandonai l'idea.

È il caso di dire che eri tornata con i piedi per terra, Meg...

Poi Roby insistette perché passassimo a cercare qualche vestito adatto alle feste che gli studenti organizzavano nel campus. Vi lascio immaginare lo standard! Riuscii comunque a comprare due abitini più o meno sobri che avrei potuto mettere per il Ringraziamento o per le feste di Natale (ammesso che i miei genitori non avessero in programma di disdirle come un appuntamento di lavoro saltato).

Le mie amiche finirono poi per comprare qualcosa a tema Halloween, suscitando la perplessità di Josh: «Ragazze, che cosa organizzano in questa specie di università per Halloween?»

«Hm, mi hanno detto che di solito si organizza una grande festa nel dormitorio degli Alfa, ma non saprei cosa fanno di preciso» rispose Roby, con più di un pizzico di curiosità.

Io però avevo altre domande per la testa. Da quando Marc non c'era più, non ero più stata invitata a nessuna festa. Anche le mie amiche mi avevano emarginata.

«Immagino che faranno tutto quello che si fa di solito tra universitari, specie se maschi... Bere, fumare...» intervenni io, accompagnando le mie frasi con un gesto teatrale.

In quel momento tutti rimanemmo zitti, perché sapevamo cosa stava per succedere, e "forse" non mi sarebbe piaciuto tanto.

«Ottimo! Allora compriamo tutti quanti un costume e andiamoci tutti insieme!» Lo sapevo. Josh aveva appena detto quello che non avrei mai voluto sentir dire.

«Io mi scoccio, non ho voglia di fare la figura della stupida in mezzo a sconosciuti fatti e bevuti!», protestai. Di certo non l'avrei fatto ai tempi della mia "movimentata" adolescenza, ma questa è tutta un'altra storia...

La mia frase comunque sembrò più una supplica che un'esclamazione. Le ragazze, invece, sembravano entusiaste all'idea, e iniziarono a fissarmi anche loro, esattamente come faceva Josh. Alla fine, optai per il silenzio, e per non deludere ulteriormente le mie uniche amiche, alzai gli occhi al cielo e mi arresi.

Gli abiti e gli accessori in vendita nel negozio erano così appariscenti da mettermi in imbarazzo; non vedevo l'ora di andarmene e di raggiungere finalmente la libreria. Oltretutto frugando tra gli abiti ne feci cadere un paio a terra, attirandomi lo sguardo della proprietaria. Per fortuna trovai un abito dignitoso e completo di tutti gli accessori, così non avrei dovuto perdere ulteriore tempo a cercare altro.

Quando finalmente mettemmo piede in libreria, con un po' di stupore mi accorsi che Josh aveva davvero bisogno di alcuni libri. Decisi anch'io di cercare un romanzo da divorare in poche ore o in una sera, ma quando Josh intravide la copertina del rosa di Nicholas Sparks che avevo scelto – almeno nell'immaginazione me la potevo permettere una bella storia d'amore? – lui mi rivolse uno sguardo ironico, a cui mi sforzai di non replicare. Non volevo iniziare una diatriba davanti al commesso.

Una volta usciti, Josh mi prese per un braccio, facendomi voltare di scatto verso di sé. In quel momento pensai che avrebbe fatto uno stupido commento sulla mia scelta, e invece mi sorprese, mettendomi in mano un segnalibro. C'era scritto: *Non smettere di sorridere mai.*

Una cosa carina...

Beh, fin qui poteva anche sembrarlo – peccato però che una volta abbassato lo sguardo sul fondo del cartoncino ci trovai il disegno di una scimmietta che si grattava la testa.

«Ho provato a resistere, giuro, ma questa scimmia ti assomiglia troppo. Ha il tuo stesso sguardo inebetito!» affermò Josh, accompagnando la frase con una fragorosa risata.

Proprio da quello che chiamavi lo scimmione quelle parole?

Quel tipo mi metteva i nervi. Era davvero insopportabile! Gli cacciai la lingua e mi diressi verso Ally e Roby, che erano uscite in anticipo dalla libreria, evidentemente annoiate, ed erano ferme davanti alla vetrina dell'ennesimo negozio di scarpe – mentre lui continuava a ridere, con le lacrime agli occhi, senza sosta.

Ormai erano le otto ed era tempo di tornare in dormitorio e organizzare la giornata seguente.

Giunti al parcheggio ci salutammo, perché Roby sarebbe rimasta ancora un po' con Josh.

Chissà dove viveva? Sapevo dal racconto di sua sorella che i genitori non gli avevano permesso di stare nel dormitorio del campus, e se le cose stavano davvero così, il suo appartamento non doveva essere esattamente nelle vicinanze, per evitare "tentazioni".

Non so dire il perché, ma avevo la sensazione che lo avrei scoperto molto presto.

Capitolo 4

Presto scoppierà la Guerra fredda tra noi due

Erano trascorsi tre giorni da quell'uscita con i miei amici, e le lezioni non mi davano tregua. Inoltre a causa di un elaborato da consegnare entro la fine di quella settimana, per un preesame, stavo trascorrendo serate e nottate china sulla scrivania, saltando anche la cena. Oramai ero esausta e non vedevo l'ora di liberarmi di quel peso e di riposarmi nel weekend.

Appena entrai in aula per l'ultima lezione pomeridiana – Politica internazionale – vidi che Josh era già seduto al suo posto, e che con un sorriso smagliante mi invitava a sedermi. Lo raggiunsi, abbandonando completamente il mio corpo nel momento esatto in cui il mio fondoschiena toccò il gelido legno.

«Ehi Bubble, che brutta cera che hai! Ti senti poco bene?»

«Dopo averti visto mi sento ancora peggio» risposi appoggiando la testa sul banco, e feci più volte come se volessi sbatterla contro. Non sapevo di preciso se quel gesto fosse legato allo sconforto di vedere Josh, o al peso delle troppe nozioni che stavo memorizzando tutte assieme; qualunque fosse la ragione, sembravo una pazza fuggita dal manicomio.

«Sicura che invece non riesci a fare a meno di me» disse Josh, e rise... *Maledetta la tua risata!*, pensai, e feci giusto in tempo a fargli una smorfia, prima che il professor Dylan entrasse in aula.

Il docente iniziò una delle esercitazioni in cui simulavamo un conflitto diplomatico tra due stati, facendo interagire due gruppi di studenti per volta. Uno dei due gruppi doveva spiegare i motivi che lo avevano spinto a non tollerare più determinati comportamenti dell'altro gruppo, il quale doveva controbattere con argomenti di difesa. A noi due toccò questo secondo tipo di argomentazione.

Quando iniziammo rimasi sorpresa, perché Josh sembrava conoscere più termini giuridici di chiunque altro. Era come se l'anno che aveva perso in quell'altra università non fosse stato inutile, anche se io studiavo molto più di lui!

«Miei cari ragazzi» disse alla fine il professore «prima di congedarvi e di augurarvi un weekend pieno di studio, volevo avvisarvi che per lunedì mattina aspetto le vostre relazioni sull'esercitazione di oggi. E ora che dirvi... Andate in pace» disse a mo' di chierico. Come avrei voluto strozzarlo con la sua stessa cravatta!

«Tranquilla, ti si legge in faccia la paura» mi disse Josh, sembrando per un momento quasi umano, e poi aggiunse: «Vorrà dire che questo weekend invece di accrescere la mia popolarità farò il bravo studente e lavorerò con te alla tesina.»

«Che cosa proponi?»

«Calmati, piccola! Andremo nel mio appartamentino, lì nessuno ci disturberà.»

Lo stava dicendo seriamente o era la sua indole da maniaco a dargli voce?

«Non fraintendermi, Bubble: non sto a dirti quanto mi piacerebbe restare da solo con te e fare chissà cosa, ma ho bisogno di andare avanti con gli esami, oppure i miei mi sbatteranno fuori di casa. Se ti fa sentire meglio, vorrà dire che chiederemo a Roby e ad Ally di unirsi a noi, ok?»

Quell'idea mi piaceva particolarmente, anche se il modo in cui Josh pronunciava ogni singola frase, mi spaventava. Così seguii quel rompipalle del mio "partner" per i corridoi, in cerca di Ally, e con mio grande stupore, mi accorsi che la maggior parte degli studenti si fermava a salutarlo e a parlargli. Lo trattavano come se fosse stata una celebrità, eppure era da noi solo da poco tempo... Che le oche cadessero ai suoi piedi lo potevo capire, ma non potevo immaginare che avesse conquistato anche la simpatia dei ragazzi. Forse era quell'apparente atteggiamento da menefreghista che poteva farlo rientrare tra la gente "in"?

In quei momenti era così strano camminare con qualcuno invece che da sola – specialmente se si trattava di una persona popolare... Se solo ripensavo agli eventi passati, mi veniva un blocco alla gola. Andavo a ritroso con i ricordi: al liceo anche Marc attirava molto l'attenzione delle ragazze, e i ragazzi della squadra di football lo avevano invitato a far parte del loro team. Anche alle scuole medie, avevo lui che mi proteggeva da tutte le cattiverie che dicevano sul mio fisico e sulla mia famiglia. Mi chiamavano "orfanella" anche se non lo ero veramente... Molti di questi studenti delle medie li ritrovai poi anche al liceo, e quando lui mi abbandonò smisero di prendermi in giro, forse perché suscitavo talmente tanta pena da azzittirli, o semplicemente perché non avevano più interesse nel mettersi in mostra...

Ma torniamo al mio racconto. Arrivati davanti all'aula Magna incontrammo Ally, tutta intenta a pavoneggiarsi con alcune compagne della Facoltà di Medicina.

Come si faceva a non ammirarla, dopotutto? La sua allegria era così coinvolgente da attirare tutti, proprio come le api erano attratte dai fiori. Ricordo che nonostante fosse circondata dal suo piccolo fan club, appena ci vide davanti alla porta, intenti a fissarla, non esitò a liquidarle, per gettarsi invece in un caloroso abbraccio.

«Ciao ragazzi! Che sorpresa vedervi qui.» Anche lei, proprio come Josh, aveva un bellissimo sorriso che illuminava le giornate di chi posava lo sguardo sulle sue labbra.

«Ciao Ally, abbiamo una proposta da farti! Stiamo organizzando un gruppo studio, diciamo una full immersion nella diplomazia internazionale.» Accompagnai quelle parole con uno sguardo di supplica. Non poteva assolutamente dirmi di no, se voleva continuare a essere mia amica – o meglio, se voleva continuare a vivere.

«Ci sto! Anche se studio tutt'altro...» Fortunatamente recepì il messaggio.

Così, dopo aver reclutato anche Ally, era il momento di Roby, che al telefono accettò, senza farselo dire due volte, l'invito del fratello. Perciò Josh prese la macchina, salimmo a bordo con un carico di libri pazzesco, e ci affrettammo a raggiungere il famoso "appartamentino", che poi non si rivelò affatto tale.

Parcheggiata l'auto e giunti nell'androne, salutammo il portinaio con un cenno della mano e salimmo con l'ascensore fino al decimo piano.

Aprii la porta e rimasi stupita dallo spazio e dall'ordine che mi si presentavano davanti agli occhi. Era una specie di grande open space abitabile, con un pavimento in parquet chiaro, e al centro del quale troneggiava un grande divano a elle di un azzurro acceso, contornato da un tavolino in vetro e adagiato su un bellissimo tappeto con fantasie grigio-bianche. Anche i muri erano bianco candido, così come le tende, che permettevano alla luce di entrare in abbondanza, anche grazie a una portafinestra che dava su una grande terrazza, anch'essa parquettata. Appena sceso il gradino dell'ingresso si scorgeva sulla sinistra una bellissima cucina con isola, perfettamente intonata a quello strano "lusso indie"; sulla destra, invece, vi era un piccolo corridoio sul quale davano tre camere con porte a soffietto, che dovevano essere i bagni e le camere da letto.

«Wow, è stupendo» urlai vedendo tutto ciò, senza neanche pensarci su. E al mio commento si unirono gli apprezzamenti di Roby e di Ally.

«Sì, fratellone, io non lo avevo ancora visto, *c'est magnifique!*»

Pessimo ragazzo. Non aveva ancora fatto vedere dove abitava a sua sorella?

«Non restate nell'ingresso, prego, accomodatevi. Volete un caffè? Un tè? O qualcos'altro...» ci chiese Josh, da bravo padrone di casa. Ma io gli ricordai che la nostra presenza era dovuta all'infinità di compiti da fare, e che quindi non c'era tempo da perdere. Dovevamo iniziare subito!

Così tirammo fuori dalle borse tutto il necessario per la nostra giornata di studio e lo posammo sul bel tavolo.

Josh si diresse verso una stanza laterale e prese il suo portatile, in modo da poter fare qualche ricerca in rete sulle nazioni con cui avremmo avuto a che fare.

Andammo avanti per un'ora e mezza tra gli sguardi perplessi di Ally, che ci aiutava come poteva mentre in parallelo era impegnata con le sue dispense di anatomia: noi invece avevamo materiale, tanto materiale, e ancora nessuna frase sul foglio!

«Basta, Josh! Abbiamo letto abbastanza, perché non iniziamo a scrivere qualcosa?» protestai, cercando di velocizzare anche il suo lavoro.

«E sentiamo un po', cosa dovremmo scrivere nella relazione, intelligentona? Il professore non vuole che elenchiamo come bambini ciò che abbiamo fatto a lezione, vuole che approfondiamo e motiviamo gli argomenti da cui siamo partiti, cioè la storia dei rapporti tra queste due nazioni» mi rispose, come se lui fosse più preparato di me.

Certo che lo era, Meg! O almeno aveva più metodo di te.

«Questa relazione non la finiremo mai, se seguo te...» dissi gettando la testa all'indietro e sbuffando.

«Penso che la Guerra fredda scoppierà prima tra noi che tra queste due maledette nazioni» dissi, e tutti scoppiammo a ridere. Per stemperare quella tensione, visto che le nostre pance cominciavano a brontolare, Josh propose di ordinare qualcosa da mangiare: *pizza*!

Decidemmo, dunque, di fare una pausa e di gettarci sul divano a guardare un po' di tv, in attesa dell'arrivo dei viveri, che però tardavano.

Quando giunsero, erano un po' troppo freddi: forse il ragazzo delle consegne meritava un richiamo. Ammetto che in alcuni momenti sapevo essere davvero asfissiante.

A ogni modo, una volta riscaldato, il cibo risultava essere proprio buono. Riuscimmo a ragionare meglio e a portarci avanti con la relazione, senza perderci in troppe informazioni come ci era successo prima; dopodiché decidemmo di passare la serata guardando un film. Nonostante le rimostranze di Josh, che però era in minoranza, optammo per una commedia romantica, "Ricatto d'amore", e finalmente io riuscii a rilassarmi davvero. Forse aveva avuto ragione Ally, dovevo semplicemente vivere come i ragazzi e le ragazze della mia età. Però in quel momento mi rilassai un po' troppo, perché quell'attimo di equilibrio con me stessa scivolò lentamente nel sonno, mentre Margaret, interpretata da Sandra Bullock, cercava di salvare il cagnolino bianco dall'imminente attacco di un'aquila. Per il resto non ricordo più nulla, se non la sensazione di calore e di pace che mi accompagnò fino al mattino.

Capitolo 5

Sono pronta al disastro di Halloween

Quando riuscii a recuperare le mie facoltà mentali mi accorsi che c'era una lucina bianca che proveniva dal corridoio, sapete, quelle lucette che si usano per far sentire al sicuro i bambini che si alzano durante la notte... Improvvisamente mi ricordai che non mi trovavo nel mio dormitorio, e che ero invece sul divano di Josh. Alzai di più la schiena, raggiungendo una posizione quasi eretta, per ricordare meglio cosa fosse successo. Notai che a farmi compagnia, sul divano, c'erano anche Ally e Roby. Probabilmente lui si era svegliato ed era andato a dormire nella sua stanza, lasciando noi ragazze da sole.

Osservai meglio il salotto e finalmente riuscii a scorgere un orologio a muro che segnava le sei e un quarto del mattino. Effettivamente dalla portafinestra iniziavano a entrare i primi raggi del sole. Decisi dunque di prendere la coperta che quasi sicuramente Josh mi aveva messo durante la notte, e di recarmi sulla terrazza.

Era una sensazione così bella. L'aria fresca accarezzava il mio viso e il sole baciava i capelli, creando sottili fili dorati. Tutto questo mi riportava alla mente la sensazione di pace che avevo provato prima di addormentarmi. Stavo così bene che non mi accorsi neanche del rumore di un'altra porta che si stava aprendo a qualche metro da me. Anche Josh era baciato dai raggi del sole e anche lui sembrava essere in pace con se stesso, esattamente come me.

«Buongiorno Bubble! Già sveglia, e per di più oggi è sabato mattina!» disse accompagnando la frase con un lungo sbadiglio. Sembrava essere così indifeso, in quel momento.

«Sì, scusa! Non avevo intenzione di svegliarti, ma il panorama è davvero tanto bello quassù» risposi continuando a guardare l'orizzonte.

«Hai dormito male sul divano? Avrei voluto spostarvi nella camera da letto, ma molto probabilmente vi avrei svegliate.»

«Non preoccuparti. Non ci saremmo dovute neanche addormentare così all'improvviso...» continuai, questa volta voltandomi verso di lui e accennando un sorriso.

«Tranquilla! È stato meglio così. Almeno, dopo colazione, possiamo subito riprendere a studiare.»

Poi, prima di continuare, si avvicinò a me e si mise anche lui ad ammirare l'orizzonte.

«Sai, mi fa piacere che oggi tu stia un po' meglio. In questi giorni durante le lezioni ho notato che eri triste. Hai qualche problema? Ne vuoi parlare?»

Sembrava sincero mentre diceva quelle cose, e questo mi stupiva. Mi ero accorta che anche le mie amiche avevano notato qualcosa di strano in me, ma non avrei mai pensato che quella tristezza, compagna delle mie giornate, potesse arrivare fino a lui.

«Grazie, sei gentile. Comunque sto bene, stavo solo ricordando alcune cose del passato che ancora non riesco a lasciarmi alle spalle.»

Impossibile descrivervi l'atmosfera che si respirava in quel momento. Avevo il cuore a mille, gli occhi lucidi, le mani che tremavano e... c'era *lui*. Josh era davvero un bravo ragazzo quando non voleva fare lo stronzo. Aveva capito che era meglio non continuare la conversazione, anche se ero sicura che ci sarebbe ritornato alla prima occasione. Almeno quella volta potei evitare di parlare dei demoni che mi portavo nell'anima.

«Dai, torniamo dentro, prepariamo la colazione e svegliamo bruscamente quelle due» disse all'improvviso Josh, digrignando i denti e concedendomi uno sguardo malizioso.

Per fortuna, quel momento imbarazzante era scemato.

E così facemmo. La sua cucina era piena di viveri e prometteva una colazione da hotel, per la mia gioia!

Poi, come avevamo deciso, svegliammo in modo non troppo carino quelle due dormiglione. Io mi lanciai come un sacco di patate sopra ad Ally, e non riuscii a impedire che Josh buttasse un bicchiere d'acqua in faccia alla sorella.

Poverina!

Se fossi stata al suo posto, lo avrei sicuramente strangolato! Roby, invece, si limitò solo a fargli un gestaccio e a cantilenare, come una bambina, una minaccia.

Alla fine ci vollero altri venti minuti perché Roby e Ally ritrovassero qualche facoltà motoria. Quando riuscirono ad alzarsi si avvicinarono al tavolo della colazione. Roby si sedette subito. Era una di quelle ragazze che quando si svegliano hanno subito bisogno di cibo. Ally, invece, andò a rintanarsi in bagno per circa dieci minuti. Lei, diversamente da Roby, non mangiava se non era tutta in tiro.

Finimmo la colazione senza fretta, aggiungendo poi il tempo necessario per rassettare.

Fu una mattinata abbastanza rilassante. Il giorno prima, come ho detto, avevamo lavorato sul resoconto dell'esercitazione in aula; ora avremmo dovuto metter giù le possibili domande dei nostri avversari e le nostre eventuali risposte.

Questo compito era importante per entrambi, quindi Josh aveva fretta di ricominciare a studiare. Anzi, ricordo che non aspettava altro. Era così motivato, sembrava voler ricominciare da capo e aver capito cosa voleva dal suo futuro, diversamente da me…

Le altre ragazze quella mattina faticavano a entrare nell'ottica dello studio disperato, perciò decisero di dedicarsi alla preparazione del pranzo.

Inutile spiegarvi quanto disordine furono in grado di creare, in meno di un quarto d'ora! Le pentole si ammucchiarono nel lavandino e la cucina finì per sporcarsi tutta di sugo, schizzato fuori a causa della fiamma troppo alta. Già sapevo che sarei stata io a ripulire il tutto, e infatti Josh non mancò di provocare come al solito: «Grazie ragazze! Era tutto molto buono. Ora se volete rilassarvi potete andare nella prima stanza a destra. Qui ci pensa Bubble a pulire tutto questo disastro.»

E per colpa sua fui costretta a ripulire tutta la cucina, prima di ributtarmi a capofitto nello studio. A oggi, penso che ogni scusa fosse buona per rimanere solo con me.

Quando rimanemmo di nuovo da soli, mi spiegò che all'inizio di novembre sarebbe arrivato un altro ragazzo a dividere con lui la casa.

Sicuramente sarebbe stato un altro riccone, altrimenti, non si spiegava una simile scelta.

Quel pomeriggio fu davvero intenso, il nostro elaborato aveva preso un'ottima strada. Riuscimmo a completarlo attorno alle sette di sera, così per ringraziare Josh dell'ospitalità e dell'aiuto nel lavoro decidemmo di uscire un po' e di comportarci come ragazzi della nostra età.

Ammettiamolo, anche alle ragazze più sociopatiche come me faceva piacere trascorrere serate in compagnia dei suoi amici. Dopotutto che adolescenza mi era stata concessa? Ero cresciuta troppo in fretta e questo aveva inciso in modo rilevante non solo sui miei rapporti sociali, ma anche sul mio modo di vedere il mondo.

* * *

Giorno dopo giorno studiare insieme cominciava a far parte della nostra routine. La settimana che era iniziata con la presentazione della nostra "difesa politica" si stava chiudendo, e a noi quattro piaceva passare la maggior parte del nostro tempo insieme, inclusa la cena a fine giornata, in posti sempre diversi. Ally era felicissima di poter trascorrere più tempo con me, mentre Roby era eccitata all'idea di non dover scegliere tra le sue amiche e il "superfratellone".

Quel venerdì pomeriggio io e Josh eravamo giunti alla fine della lezione di Politica internazionale, e come sempre avevamo appuntamento con Roby e Ally nella piazza centrale del campus.

«Ehi, siamo qui!» urlai alle mie amiche correndo verso di loro.

«Bene, pensavamo che non sareste più venuti» bofonchiò Ally. Non sapevo perché fosse così impaziente... No, in realtà lo sapevo.

«La festa di Halloween comincia alle sette. Mi raccomando a voi due! Vedete di non metterci tanto a preparavi» disse Ally.

«Halloween!» gridai, e lo feci così forte da rubare una risata a Roby.

«Sei proprio una svampita, Meg! È possibile che non ti ricordi mai niente?» mi sgridò con un sorriso Ally.

Ma era colpa mia se mi ero dimenticata di una festa così vuota e superficiale?

Non sembra che la tua priorità fosse esattamente fare festa...

Io e Roby salutammo Ally e ci recammo subito al dormitorio per prepararci. Ally corse via saltellando come un coniglio pasquale, e Josh mentre se ne andava... beh lui non lasciava trasparire emozioni neanche sotto tortura.

Arrivate nella nostra stanza, ci rendemmo conto che se volevamo essere pronte per le sette dovevamo sbrigarci. Per prima dovevamo recarci nelle docce comuni, e battere le altre ragazze sul tempo; fortunatamente molte di loro nel tardo pomeriggio avevano ancora qualche lezione o attività formativa, mentre altre preferivano rinfrescarsi a casa dei loro ragazzi. Così, dopo dieci minuti, eravamo già nella nostra stanza intente a cacciare le enormi buste che contenevano i nostri costumi.

Perché mai non hai affittato un appartamento fuori dal campus anche tu? Ti saresti risparmiata ore inutili di attesa...

Cercai di non dare troppo peso a quella crescente sensazione di ansia che mi stava logorando e decisi di concentrarmi sulla mia acconciatura: raccolsi i capelli in una coda bassa sul lato destro, poi presi un lungo cordoncino dorato e lo feci scorrere tra le ciocche quasi intrecciate al centro. Per il trucco usai uno *smokey eyes* bronzo e oro, un po' di cipria rosa per

mettere in risalto gli zigomi e un lipgloss traspa-
rente.

Roby invece optò per un costume e un trucco
molto scuri, molto più provocanti del mio. Avevo
scelto, infatti, una veste bianca in stile antica Roma,
con bracciali e con sandali i cui laccetti si fermavano
poco sotto al ginocchio. Presto mi accorsi che quelle
calzature avrebbero marcato ulteriormente la differenza di altezza con le mie amiche, visto che Roby
aveva optato per tacchi abbastanza alti, adatti al suo
costume "charleston" con parrucca a caschetto e una
bellissima piuma nera.

«Sei pronta? Andiamo?» chiese mentre tirava
fuori due mantelle nere per ripararci dal freddo
della serata. Non mi ero accorta che avesse comprato anche quelle.

«Sì, sono pronta al disastro di Halloween!» risposi, sogghignando.

Con calma ci dirigemmo al parcheggio, dove trovammo Josh con in bocca una sigaretta, mentre Ally
gli elencava le malattie che lo avrebbero colpito se
non avesse smesso di fumare.

Stava una favola! Di gran lunga Ally era la più
sexy: stivali alti neri, pantaloni di pelle neri e un top
che non lasciava molto spazio all'immaginazione.

Catwoman insomma.

Mettermi a confronto con Catwoman e con la diva
degli anni Venti mi faceva crescere l'ansia, ma cercai
di convincermi che appena fossimo arrivati alla festa

mi sarebbe di sicuro passata – certamente tutti i trogloditi lì convocati avrebbero cominciato a sbavare dietro a ragazze sexy come le mie amiche, lasciandomi in pace e isolata come volevo.

Tornando a noi, Josh era stanco dei ripetuti rimproveri della mia amica ed era ancora più infastidito dal fatto che io e Roby ridessimo di quel siparietto; per questo ci invitò come al solito a salire il più velocemente possibile in macchina, dopo aver gettato via la stecchetta di nicotina.

Capitolo 6

Si muovono come scimmie da un divano all'altro

«Finalmente possiamo scendere. Josh, puzzi di fumo, bleah!» disse Roby quando arrivammo al parcheggio: c'erano tantissime macchine, tanto che dovemmo fare più volte il giro di tutto l'edificio, prima di trovare posto. Nel frattempo cominciavamo a vedere i membri della confraternita che ospitava la festa – tutti perfettamente in linea con il tema della serata.

Roby non smetteva un attimo di lamentarsi, ma devo ammettere che non mi dispiaceva quella scia di tabacco, che probabilmente era aromatizzato con una fragranza vagamente simile alla liquirizia. La trovai davvero sexy e quando fummo sotto a un lampione mi accorsi che si era vestito da agente della SWAT. Ma come cavolo gli era venuta un'idea simile? Indossava una maglietta blu notte che "doveva" mettere in risalto i suoi muscoli, oltre a pantaloni neri, un cinturone con una pistola giocattolo e un giubbotto antiproiettile spesso almeno un paio di centimetri. Completavano il tutto dei guanti di pelle che però coprivano solo il palmo della mano. Inoltre, aveva tirato all'indietro i capelli, abbastanza lunghi, in modo tale da mantenere la forma desiderata. Il suo ridicolo costume avrebbe di sicuro attirato l'attenzione di quelle oche – e io di sicuro, come al solito, mi sarei ritrovata da sola in un angolo, appoggiata al muro, a osservare la scena.

Ma startene in disparte non era quello che volevi, Meg?

Ero furiosa, accaldata e agitata, non riuscivo più a pensare lucidamente! Dovevo togliermi quella benedetta mantella prima di entrare, così afferrai Roby per il polso e le chiesi di accompagnarmi fino alla macchina, per posare quella stoffa così infuocata.

«Meg stai bene? Sei tutta rossa in volto...» mi disse subito Josh, mentre mi consegnava le chiavi della macchina.

Possibile che ogni volta dovevo far preoccupare tutti?, pensai.

Già! Perché dovevi rovinare la serata con le tue stesse mani?

Feci due respiri profondi e rassicurai Josh che andava tutto bene, che mi trovavo in quello stato di agitazione solo perché non ero abituata ad andare alle feste.

Bugiarda!

Ally e Josh ci aspettavano sotto il portico, in modo tale da entrare tutti insieme. Se ci avevano invitate era stato solo grazie a lui, altrimenti saremmo sicuramente rimaste in camera a guardare uno stupido film horror. Un cliché. Anche se di certo quella sarebbe stata la scelta migliore.

D'un tratto mi accorsi che in quel momento Josh aveva assunto un'espressione diversa, quasi inebetita. Per qualche motivo aveva gli occhi spalancati e la bocca semiaperta. Era bizzarro vedere quanto fosse vulnerabile – questo fino al momento in cui decise di rovinare l'atmosfera, come al solito, parlando a vanvera.

«Ma come cavolo ti sei vestita, Roby? Vatti a cambiare, non mi va di fare a cazzotti con qualcuno per difenderti! Sei scandalosa... Ah, se ti vedesse nostro padre! Probabilmente ti direbbe la stessa cosa.»

Che esagerazione!

Beh, dopotutto cosa dovevo aspettarmi da lui? Non certo che definisse me "scandalosa". Avevamo fatto coppia solo quando dovevamo studiare... Però quei pensieri mi facevano venire le fitte allo stomaco.

Quello fu il primo indizio che il mio corpo mi inviò. Peccato che la mia mente e il mio cuore preferirono ignorarlo...

Entrati dentro trovammo il caos più totale. Gente che ballava nel bel mezzo del salotto, ragazzi e ragazze che si accalcavano per prendersi i drink e altri ancora che si muovevano come scimmie da un divano all'altro.

Nel momento esatto in cui mi si figurò quell'immagine davanti agli occhi, mi ricordai il motivo per cui da tempo evitavo il più possibile ogni tipo di festa.

Al liceo era diverso, bene o male conoscevo quasi tutti gli invitati ed era piacevole vederli finire ubriachi in piscina ma ora... non mi sembrava più così tanto divertente. Era patetico vedere degli "adulti" comportarsi in quel modo.

Non appena ci unimmo alla massa, subito due ragazzi si avvicinarono alle mie amiche per chiedere loro di ballare. Josh, invece, fu assalito da un branco di predatrici, e io... beh, io prevedibilmente non venivo calcolata da nessuno, *nemmeno emanassi chissà quale cattivo odore...*

Mi arresi presto al mio destino e mi avventurai in cerca di un posto tranquillo da occupare, dopo aver afferrato al volo un enorme bicchiere di punch.

Passai un'ora scambiando giusto qualche parola – priva di ogni tipo di contenuto – con un tipo mai visto prima, ma che non avevo modo di liquidare senza l'aiuto di qualcuno.

«Non mi sembra questo il giusto modo di sedere, per una "dea".»

Avevo già capito di chi fosse quella voce, ma come avrei potuto contraddirlo, visto che ero allungata come se stessi per sprofondare per terra, e con la testa china sul bracciolo? Quella situazione tediosa, però, non poteva farmi assumere una posizione diversa.

Così, dopo aver accennato un sorriso malizioso, mi alzai lentamente e invitai Josh a suggerirmi un'alternativa. Mi sa che era bastato un solo bicchiere per mandarmi in confusione.

Brava la nostra scaricatrice di porto!

Josh ricambiò il mio sorriso. «Vuole ballare con me?»

«Ma certo, agente! Almeno vivacizziamo un po' la serata.»

Gli porsi la mano, e non appena lui me la strinse, un brivido iniziò a percorrermi la schiena. Cercai invano di convincermi che fosse l'effetto dell'alcol, e non del contatto con la sua pelle ambrata...

Raggiungemmo la pista da ballo e subito iniziarono le prime note di una canzone alquanto provocatrice.

«Beh, se avevi voglia di ballare, potevi anche venire da me, ti avrei concesso volentieri un paio di canzoni...» Josh cominciò a guardarmi fisso negli occhi. Quelle parole non mi facevano nessun effetto, dato che praticamente mi prendeva in giro tutti i giorni, senza sosta. Così decisi di stuzzicarlo.

«Mio caro, tu finora non hai veramente ballato, hai solo ondeggiato come uno scimmione! Ti insegno io a muoverti» gli sussurrai all'orecchio.

Ma la canzone finì presto, e al suo posto ne iniziò una più lenta. Decidemmo di concederci anche quella, suscitando l'invidia di molte ragazze che aspettavano il loro turno.

Così, per divertirmi un po', appoggiai la testa al suo petto, mentre seguivo i suoi movimenti. Pensai di nuovo che Josh avesse proprio un bel profumo e un sorriso capace di togliermi il fiato. Lui probabilmente se ne accorse, perché mi staccò da sé e mi fece fare un giro su me stessa, rischiando quasi di farmi volare via il vestito! Ora sì che cominciavo a divertirmi...

Quando la canzone finì, Josh fece un mezzo inchino, mi baciò la mano e poi fece quella sua solita maledetta risata. I battiti del mio cuore iniziarono ad aumentare, quando la sua mano sfiorò delicatamente la mia, mentre ci dirigevamo fuori con la scusa di una sigaretta.

«Ti dà fastidio se fumo?» mi domandò sulla soglia, ma si accese lo stesso la sigaretta senza aspettare neanche la risposta.

«Cambierebbe qualcosa se ti dicessi "sì"? Comunque, puoi fare quello che ti pare» replicai, mentre mi guardavo intorno, in cerca di quelle sconsiderate delle mie amiche.

Il ballo mi aveva fatto accusare di più l'effetto dell'alcol, e sentii che avevo bisogno di aiuto. Non mi andava di vomitare davanti a lui. Non potevo regalargli un'ennesima figuraccia.

Purtroppo, però, Josh si era reso conto già da un pezzo del mio stato. «Ti senti bene? Stai iniziando ad assumere il colorito del tuo vestito.»

«Non proprio...» Non feci in tempo a spiegare quale fosse il problema che Josh mi afferrò per le spalle e mi strinse a sé, gettando via quel maledetto bastoncino infuocato.

«Respira profondamente, ci sono io. Sei stata un'incosciente, qualcuno poteva approfittare del tuo stato...»

«Per caso, devo iniziare a preoccuparmi di te?» gli chiesi cercando di fissarlo, anche se barcollavo e cominciavo a vederlo doppio. «Hai degli occhi così scuri, non assomigliano proprio a quelli di Roby...»

Non so di preciso come mai mi uscì proprio quella frase, evidentemente la mia bocca aveva iniziato a parlare senza l'autorizzazione del cervello.

Lui comunque non rispose, mi sorrise e mi diede un bacio delicato, proprio come faceva con sua sorella. L'unico problema poteva essere che a me non suscitava per niente affetto fraterno, tutt'altro...

Non appena mi sentii un pochino meglio, rientrammo dentro e trovammo Roby e Ally, che si stavano aggiornando sui vari partner che avevano avuto durante la serata. Mi afferrarono per i polsi e nonostante la mia riluttanza ci dirigemmo nuovamente sulla pista. Si susseguirono numerose canzoni, una più bella dell'altra, tanto da farci pensare che il dj fosse davvero bravo.

Andammo avanti fino alle due di notte, fino a quando i nostri piedi non riuscirono più a sorreggerci. Io non toccai più un bicchiere, ma le mie amiche non si erano risparmiate, e proprio per questo Josh, sulla strada per il dormitorio, si fermò a un fast food, perché Roby e Ally avevano assolutamente bisogno di un caffè doppio.

«Ragazze, avete iniziato il mese di novembre come delle alcolizzate! Vergognatevi!» continuava a ripetere ridendo Josh.

Noi ci guardammo in faccia e gli facemmo all'unisono un gestaccio.

Accompagnammo prima Ally, e poi arrivammo al nostro dormitorio. Sfortunatamente per Josh, la sorella si era addormentata e non ne voleva sapere di svegliarsi. Ricordo che fu costretto a portarla in braccio fino alla nostra stanza, o meglio, fino al suo letto.

Mi offrii di sistemare Roby, prima di crollare in un sonno profondo: «Non ti preoccupare, adesso ci penso io a lei.»

«Grazie Margaret» replicò Josh, appoggiandomi una ciocca di capelli dietro l'orecchio. Poi uscì dalla porta senza voltarsi, portando con sé il suo profumo di liquirizia.

Il giorno dopo, per me, è come se non fosse mai esistito. Quel sabato mi alzai solo per andare in bagno o per bere un po' d'acqua, e la stessa cosa fece la mia compagna di stanza.

Anche la domenica non fu molto diversa: letto, bagno, mensa e di nuovo letto. Non avevo neanche la forza di studiare, e pensai che forse avrei saltato le lezioni del lunedì, ma poi mi dissi di no, che non dovevo cadere come al solito in quella spirale autolesiva. Ogni volta che per qualche momento ero stata felice e spensierata, quando tornavo sulla terra provavo un senso di colpa, perché io potevo ancora assaporare quei momenti, al contrario delle persone che avevo amato di più...

Alla fine decisi di saltare solo la prima lezione del lunedì mattina, perché quella di Politica internazionale era troppo importante. Così, andai a sedermi al mio solito posto, mentre aspettavo che l'aula si riempisse. Poco dopo, tutte le postazioni erano state occupate. Tutte, tranne quella dietro di me.

Strano!

A pensarci su mi ricordai che in quei due giorni Roby non aveva mai parlato al telefono con il fratello, mi aveva solo accennato a qualche messaggio informale, ma niente di più. Dov'era finito? È vero, non lo conoscevo ancora benissimo, ma sapevo che era strano che fosse sparito all'improvviso. Tuttavia, se questo problema non se lo poneva la sorella, perché mai avrei dovuto farlo io. *Chissà perché...*

Il giorno successivo, il professor Dylan ci mostrò un video che avrebbe di sicuro aiutato me e Josh a rafforzare le nostre tesi, ma anche quel giorno il posto alle mie spalle non era occupato. Forse Josh era malato e io non avevo neanche il buonsenso di informarmi...

Chiedere il suo numero, no?

Finita la lezione, raccolsi le mie cose e mi trovai con Ally, che quel giorno sembrava davvero una dottoressa. Aveva arricciato i suoi bellissimi capelli rossi, indossava gli occhiali dalla montatura rosa che utilizzava di solito per leggere, e appena uscita dalla lezione aveva ancora addosso un lungo camice bianco che lasciava intravedere un vestitino nero lungo fino al ginocchio. E poi mi sorprendevo se nessuno, o quasi, si era interessato a me a quella festa, sciatta com'ero stata e com'ero ancora in quel momento...

«Che noia, oggi ho lezione tutto il pomeriggio!» mi lamentai con Ally, ma lei sembrò voler spostare la conversazione su altro.

«Non ti lamentare sempre! È così figo e ispira sesso... Almeno tu puoi rifarti gli occhi girando la testa e ammirando il fratellone di Roby! Io, invece, posso solo sperare che il mio tirocinio mi riservi qualche bella sorpresa... A proposito, dov'è Josh?»

Io sobbalzai. «Ma ti senti quando parli?»

«Diciamo che se vedo in giro uno come lui, non ho certo bisogno di dire a me stessa "Lascialo stare, è un cesso!". Però se ti piace lo sai che io non interferirei mai.» Il suo tono sembrava così allusivo che io rimasi sorpresa, e feci di tutto per smentire quelle insinuazioni.

Sarebbe stata una battaglia persa sin dall'inizio...

Subito mi resi conto di aver usato un tono troppo aspro, anche se lei sembrava imperterrita. Così, per sviare ogni possibile allusione promisi ad Ally che l'avrei aiutata a conquistarlo, che avrei indagato sui suoi interessi e che glieli avrei riferiti il prima possibile...

Ripercorsi dunque il campus al contrario per ritornare al mio dipartimento, quando all'improvviso sentii vibrare il cellulare in tasca.

Era un numero sconosciuto. E adesso chi si metteva a rovinare ulteriormente il mio umore?

«Meg? Sono Josh...» Lo scimmione? E come aveva avuto il mio numero?

«Sto andando a lezione, dimmi...»

«È successo un casino Meg, dovresti venire a prendermi...» mi disse con evidente preoccupazione nella voce «... alla Centrale di Polizia, per piacere? E possibilmente, potresti non dire niente a Roby?»

Lo sapevo che era un teppista, pensai. *Perché proprio io dovevo andare a tirarlo fuori dai guai?*

«Va bene, dimmi dove ti trovi» risposi cercando di controllarmi.

Mi diede velocemente l'indirizzo, ma la conversazione terminò in modo brusco, perché sentii che qualcuno che si trovava nella sua stessa stanza, gli urlò di lasciare libero il telefono.

In quale guaio si era cacciato stavolta, e in quale disastro stavo finendo io? Lo avrei scoperto solo al mio arrivo, e Josh avrebbe fatto meglio a mettersi l'anima in pace, perché dopo l'interrogatorio dei poliziotti lo aspettava il mio.

Capitolo 7

Sto valutando l'idea di non pagare la cauzione

Ero in macchina da circa due ore e ancora non intravedevo nessuna stazione della polizia nei dintorni. Iniziai a pensare che, quasi sicuramente, mi ero persa. Il mio senso dell'orientamento era sempre stato pari a zero, nonostante fossi stata aiutata dal mio "amico navigatore" che mi indicava che l'indirizzo che mi aveva dato Josh non era troppo lontano dalla sua vecchia università. Finalmente riuscii a trovare un parcheggio pieno di volanti. Doveva per forza essere il posto giusto, a meno che la polizia non avesse deciso di organizzare una reùnion in mezzo al niente.

Subito mi avvicinai alla guardiola d'ingresso per chiedere informazioni, ma mentre parlavo mi sentii di colpo come ipnotizzata, perché come in un flashback si materializzò davanti ai miei occhi il ricordo della volta che ero finita dentro insieme ai miei compagni di liceo...

La polizia ci arrestò per disturbo della quiete pubblica a causa del forte baccano provocato dalla festa organizzata dal mio ex, Dean. Ricordo ancora che i miei genitori mi lasciarono dietro le sbarre per tutta la notte, perché secondo loro meritavo una giusta punizione. Ancora oggi penso solo che più semplicemente non volessero scomodarsi dai loro impegni per venire a pagarmi la cauzione.

«Sì, mi dica» mi rispose un giovane agente.

«Sto cercando un mio coetaneo, si chiama Josh Kent. Si tratta di uno stupido teppista che mi ha chiamato da qui poco fa...» gli chiesi, abbozzando una smorfia di disgusto.

«Sì, ho capito chi cerca!» mi disse sorridendo il poliziotto, poi chiamò un collega, che mi condusse con sé all'interno della Centrale.

Sedemmo nel suo ufficio, e senza preamboli il poliziotto mi diede il modulo necessario per la cauzione: feci un salto quando vidi la somma che avrei dovuto versare.

«Sto valutando l'idea di non pagare la cauzione... Giuro che gli farò sganciare fino all'ultimo centesimo, altrimenti lo strozzo quell'idiota, con le mie stesse mani, e ci finisco io qui dentro!»

Il poliziotto sorrise quasi divertito alla mia esclamazione, e scherzando, ma non troppo, mi chiese se ero davvero sicura di volerlo liberare. Alla fine avrei potuto lasciare questa responsabilità a Roby, e in ogni caso avrei dovuto avvisarla quanto prima. Ma ormai ero lì, e non potevo fare altro che aiutarlo da buona samaritana.

Ci avviammo nel corridoio e fui costretta ad assistere al triste spettacolo di una lunga serie di celle; la sua, neanche a farlo apposta, era l'ultima. Già da lontano avevo avuto modo di intravederlo, e avvicinandomi mi accorsi che aveva il labbro spaccato e un livido sotto l'occhio.

Volevo assolutamente sapere il motivo per cui ci trovavamo in quel posto. «Voglio sapere tutto! Non ti azzardare a tralasciare neanche il più piccolo particolare o a mentirmi, altrimenti ti lascio marcire qui dentro come meriteresti» esordii senza dargli neanche il tempo di salutarmi.

«Lasciami almeno spiegare, prima di aggredirmi...» rispose Josh scosso.

Quando l'agente aprì la cella, prima di mettere piede fuori, Josh mi osservò bene. Aveva paura della mia possibile reazione! E faceva bene. Fui costretta a passare di nuovo davanti a quella schiera di detenuti, che di certo non risparmiavano commenti da pervertiti sul mio fisico.

Recuperai la mia borsa, che mi avevano fatto lasciare in un armadietto all'ingresso, e mi girai per salutare l'agente, il quale ricambiò con un sorriso furbo e un occhiolino.

«Prima di andare, però, dovremo recuperare la mia macchina. L'ho lasciata vicino al vecchio campus» mi disse come prima cosa Josh, una volta fuori.

Da queste parole intuii che, molto probabilmente, aveva fatto a pugni con qualcuno dell'università, e che subito dopo aveva chiamato la polizia. Ma tutto questo quand'era successo? L'ultima volta che lo avevo visto era stato alla festa di Halloween – e poi che cosa aveva fatto?

Camminammo con la mia auto per una buona mezz'ora, sempre restando in silenzio, e quando arrivammo a ridosso del campus, scese dalla mia auto per dirigersi alla sua, ammonendomi di seguirlo una volta imboccata la statale. Non obiettai, ma la mia pazienza stava per terminare.

Uscimmo dalla città e raggiungemmo un piccolo laghetto. A proteggere lo specchio d'acqua vi erano imponenti olmi, che da lì a poco avrebbero perso tutto il loro manto. Le foglie infatti iniziavano già a cadere, lasciando intravedere i grandi rami che si preparavano ad accogliere il primo gelo.

Dovevo ammettere che il paesaggio era proprio suggestivo! Specialmente visto in sua compagnia... Pensai subito che quello potesse essere uno dei posti scelti da lui nei momenti bui per riflettere.

Scendemmo dalle macchine e ci accomodammo ai piedi di un albero, che sembrava volerci nascondere dalla realtà, ma il silenzio continuava a rintonare tra noi.

«Perché siamo qui?» chiesi con il mio solito tono acido. Non potevo mostrargli la mia debolezza. Dopotutto ero ancora arrabbiata con lui.

«Volevi delle risposte, no? Io farò di meglio... Ti darò una storia!»

Quelle parole mi rimbalzarono nella testa. Che razza di "storia" mi voleva raccontare? Di sicuro avrei prestato attenzione dalla prima all'ultima parola che sarebbe uscita dalla sua bocca.

«Ti va di ascoltarmi, Meg?»

Avrei voluto rispondergli di sì, ma la mia gola si era asciugata, era arida e avida di conoscere ogni dettaglio. *Inoltre, ero come rapita dal suo sguardo...*

«Come saprai, alla fine dello scorso anno sono stato espulso dalla mia vecchia università... quello che tu però ignori, proprio come tutti gli altri, ne è il motivo! Il mese prima di essere cacciato ero andato a una delle tante feste organizzata dalla mia confraternita ma quella sera, diversamente dalle altre, ero da solo, non mi aveva accompagnato la mia ragazza... o meglio, ex.»

A quell'ultima parola mi si ritorse lo stomaco. Stavo iniziando a fare troppi pensieri strani.

«Pensavo che lei fosse la persona giusta per riempire il vuoto che portavo dentro da tempo» continuò Josh. «Stavamo insieme ormai da tre anni, avevamo condiviso gioie, dolori, esperienze, ricordi... insomma avevamo vissuto tutte le cose che vive ogni coppia. Ma se solo avessi saputo cosa mi riservava quella festa, non ci avrei messo piede...»

«Che intendi dire?»

«Ero lì da un paio di ore, ma avevo bevuto abbastanza da cominciare a sentire la nausea. Che idiota! Decisi così di uscire a prendere un po' d'aria, ma una risata aveva attirato la mia attenzione... Era lei... appoggiata a un muretto, mentre il mio migliore amico sembrava pronto a scoparsela così su due piedi, davanti a tutti... Lì per lì non ebbi neanche la forza di reagire o di urlare qualcosa. Mi sentivo ferito, tradito e abbandonato, per la centesima volta nella mia vita. Ma non era una solitudine causata da un tradimento:

era un vuoto che faceva sgretolare il terreno sotto i miei piedi. Ero ricaduto in una spirale infernale, tanto che solo dopo una settimana ebbi il coraggio di rimettere piede nel campus! Il mio migliore amico, e quella che evidentemente ormai era la mia ex, persone che, in un modo o nell'altro, avevo accettato nella mia quotidianità, avevano deciso all'unisono di voltarmi le spalle... Anche loro mi avevano abbandonato...»

«E poi?»

«Uno della confraternita, che aveva assistito alla scena, pensò di scherzare sull'accaduto ma preso dalla rabbia, cominciai a riempirlo di pugni. Dovettero bloccarmi con la forza e io riuscii a fermarmi solo quando vidi il sangue intorno a me. Fu una scena orribile e solo a raccontartela me ne vergogno. Venne chiamata subito la polizia, e mi portarono alla Centrale; il ragazzo però, per chissà quale motivo, decise di non denunciarmi.»

Capii che era stato suo padre a tirarlo fuori dai guai, ma non volli approfondire.

Mentre mi raccontava tutte quelle cose, i suoi occhi continuavano a fissare quel laghetto, che presto con l'inverno sarebbe diventato nient'altro che una lunga lastra di ghiaccio.

Mi chiesi cosa significasse quell'"anche loro mi avevano abbandonato", ma preferii evitare di fare altre domande.

«Vedi, ieri mattina sono andato al mio vecchio campus, perché sentivo che mi serviva un piccolo gesto simbolico per poter finalmente voltare pagina.

Ma è stato un grave errore, perché alcuni ragazzi mi hanno riconosciuto e mi hanno voluto ricordare che non ero più il benvenuto... Hanno cominciato a provocarmi e a dirmi che non mi sarei dovuto più nemmeno avvicinare al campus. La discussione è degenerata e tutto si è ripetuto come in quell'occasione precedente... E io da coglione che sono ho fatto anche di peggio, perché sconvolto com'ero ho dato un cazzotto a quell'agente che poi quando sei arrivata ti ha fatto gli occhi dolci. Sicuramente lo ha fatto per provocarmi.»

Provocarti? Interessante...

Non sapevo cosa dire, ero letteralmente sconvolta. Non mi sarei mai aspettata di sentir uscire dalla sua bocca parole così sofferte, piene di tristezza e di rammarico. Tuttavia, intuii che il suo dolore fosse legato a qualcosa di più profondo di un tradimento. E quegli occhi, in quel momento erano maledettamente dolci...

Sapevo che mi stava ancora nascondendo una parte della sua vita, ma in fondo chi ero io per intromettermi? Però una cosa la sapevo: quel ragazzo non era solo e volevo in qualche modo farglielo capire. Improvvisamente gli gettai le braccia al collo, facendolo irrigidire per lo stupore.

E io col cuore in mano gli bisbigliai parole simili a quelle che tempo addietro avrei voluto sentir dire da chi mi circondava: «Non sei solo...»

«Non capisco» disse Josh.

«Josh, io non conosco il rapporto che hai con i tuoi genitori, ma ho visto il magnifico legame che c'è tra te e Roby. Lei prova un amore e una stima enorme nei tuoi confronti. Farebbe di tutto pur di vederti sorridere. Saperti in pace con te stesso. E per quanto riguarda me... anch'io, in passato, ho provato lo stesso senso di vuoto e di inutilità, ma adesso non è più così... E se è successo lo devo solo a voi, alla vostra vicinanza...»

Avrei voluto dire altro, ma quelle mie stesse parole mi fecero venire un nodo in gola, e mi costrinsero a fermarmi per qualche istante. Fu in quel momento che Josh mi strinse a sé, con più forza, eliminando quel poco di distanza che ancora c'era tra noi. Quel gesto mi diede il coraggio di continuare il mio discorso.

«Perciò non abbandonarti al rimorso, ma affrontalo! Così, quando sarai pronto, potrai finalmente voltare pagina!»

Dopo un tempo che per me fu infinito ci alzammo, continuando a guardarci negli occhi. Raggiungemmo le macchine tenendoci per mano.

Per fortuna fu Josh a interrompere quel silenzio fin troppo imbarazzante. «Grazie, Meg! Spero che quanto è successo rimanga un segreto. Ancora non me la sento di condividerla con gli altri, specialmente con mia sorella. Conoscendola mi farebbe una di quelle scenate da film, e non mi va proprio» mi supplicò, portandosi a qualche metro di distanza da me.

«Tranquillo per me oggi è stata una giornata di studio come un'altra.» Sorrisi nel dire quelle cose «e poi, scimmione... sarò ancora più felice di mantenere il segreto quando mi avrai restituito i soldi della cauzione, compresi di interessi e solo dopo che avrai svolto la seconda parte della tesina da solo, evitando al mio cervello di affaticarsi ulteriormente.»

«Vuoi anche gli interessi? Cosa sei uno strozzino?» sghignazzò divertito.

Maledetto sorriso!

«Ovvio! Mi hai fatto guidare per ore! Diciamo che questo è il minimo che tu possa fare per sdebitarti, mio caro.»

La mia espressione divertita non durò molto. Mi bloccai quando il suo braccio si fermò gentilmente sul mio fianco.

Il cuore, in quel preciso istante, mi mancò di un battito, ma senza voltarmi o mostrare alcun interesse raggiunsi per prima la mia macchina e mi infilai al volante, pronta a tornare alla routine di sempre.

Capitolo 8

Maledetta solitudine

Nelle due settimane che seguirono non ci furono avvenimenti di particolare interesse, se non i soliti pranzi di comitiva, i gruppi di studio, le solite visite controvoglia al centro commerciale... e pensare che di cose da fare a Chicago ce ne sono a bizzeffe! Purtroppo, in quei giorni, non ero nemmeno riuscita a raccogliere informazioni per aiutare la mia amica a conquistare l'interesse di Josh.

Ma eri sicura di volerlo fare davvero?

Diciamo che decisi di incoraggiarla a farsi avanti senza la mia mediazione. Tanto valeva andare al dunque, invece di girarci intorno, visto che la ragazza era molto spigliata. La convinsi a chiedergli di uscire insieme, e così fu.

Un venerdì pomeriggio, dopo la solita lezione, io e Josh attraversammo tutto il campus, per incontrarci come sempre con Ally e Roby. La giornata era più fredda delle altre. Ormai l'inverno si stava avvicinando, e con esso veniva anche il tempo delle festività. *Purtroppo...*

Devo confidarvi che odiavo, in modo particolare, quel periodo dell'anno: non era per niente facile vedere gironzolare a destra e a manca tutte quelle persone felici, intente a preparare i loro bagagli e a tornare a casa. *Casa.* Che cosa significa realmente questa parola? Per me era solo una prigione...

Diversamente dagli altri sarei rimasta al campus nel giorno del Ringraziamento, perché i miei genitori invece di una riunione di famiglia avevano programmato da tempo uno dei loro soliti viaggi.

Appena ci incrociammo Ally mi fece l'occhiolino, per poi avvinghiarsi al braccio di Josh con un sorriso inebetito, mentre Roby era intenta a mandare messaggi a chissà chi. Quella ragazza, ultimamente, sembrava vivere in un mondo tutto suo.

In quanto ad Ally, appena alzò gli occhi squittì con un tono più fastidioso del solito: «Josh! Ti stavo aspettando. Vuoi venire con me al centro commerciale? Vorrei cominciare a cercare qualche regalo di Natale per i miei.»

Ally avrebbe potuto di certo trovare una scusa migliore per passare del tempo con Josh...

Non mi interessava quello che facevano. Mi imposi di non intervenire e di non fare faccine che avrebbero di sicuro rovinato quell'attimo "idilliaco".

«Sì, certo, vengo volentieri!» disse Josh. «Ragazze, voi che fate? Vi unite a noi?»

Si poteva essere più stupidi di così? Quell'invito Ally lo aveva rivolto solo a lui... Sospirai rassegnata davanti a quella scena indescrivibile. Era esasperante vedere quanta superficialità mi circondasse.

«No, io ho un appuntamento... o meglio, vado in biblioteca a studiare con un mio compagno di corso!» rispose in tono euforico Roby, correndo via con un sorriso smagliante.

Possibile che tutti avessero qualcosa da fare tranne me? Forse era meglio così.

Odiosa vita sociale!

«Anch'io passo!» risposi. «Fa troppo freddo per andare da qualsiasi parte, e poi voglio assolutamente terminare un libro che avevo iniziato a leggere tempo fa e che non ho avuto ancora modo di finire.» Non so perché la mia frase fece sorridere Josh, ma di sicuro Ally era soddisfatta che nessuna di noi si fosse permessa di interferire con il suo piano.

Devo essere sincera, la pigrizia regnava sovrana dentro di me. Tornata in dormitorio, dopo una rapida doccia, mi infilai sotto le coperte, abbandonandomi al richiamo insistente del Dio dei sogni.

La sveglia continuava a suonare insistentemente e il mio corpo si rifiutava di rispondere a quell'avvertimento. Erano solo le sei e trenta dell'ultimo martedì mattina, prima di tornare a casa per il giorno del Ringraziamento.

«Meg! Se non spegni immediatamente quella sveglia giuro che ti uccido!» farfugliò Roby, girandosi dall'altro lato del letto e gettando la testa sotto il cuscino.

«Non ci posso credere che siamo dovuti rimanere al campus un giorno in più solo per un capriccio di Dylan! Maledetto!»

Non lo sopportavo più, era da due ore che Josh continuava a ripetere questo stesso concetto. Per fortuna, a breve, ci saremo visti con le altre per salutarci. Quanto desideravo una pausa dalla pesantezza di Dylan, e da quella mia continua e crescente ossessione nei confronti di Josh!

Bene, inizi ad ammetterlo...

Alla fine della lezione ci ritrovammo in mensa e Ally come prima cosa saltò al collo di Josh, poi mi stritolò in un abbraccio, esprimendo tutta la sua gioia. Ci spiegò che sarebbe partita a breve, perché i suoi genitori avevano prenotato un viaggio a Las Vegas.

I fratelli Kent, invece, raccontarono che avrebbero trascorso il Ringraziamento in famiglia. I loro genitori avevano chiesto dei giorni di ferie dal lavoro, forse per via della situazione particolare del figlio, o semplicemente, perché avevano dell'amore da donare.

Quando arrivò la fatidica domanda, "tu che farai?", mi sentii del tutto imbarazzata – non tanto perché avrei dovuto dire ai miei amici che sarei rimasta in dormitorio e avrei mangiato il tacchino della mensa, bensì perché mi toccava spiegare che i miei genitori mi avevano chiamata, un paio di giorni prima, invitandomi a non tornare a casa. Quei due erano fin troppo anaffettivi e concentrati su di loro piuttosto che provare scrupoli nei miei riguardi.

Al mio sintetico racconto Josh si voltò verso di me assumendo un'espressione interrogativa, alla quale io feci finta di non dare importanza.

Era per questo che non parlavi troppo di te, Meg?

Sì, era quello il motivo. Per evitare gli sguardi inquisitori e carichi di giudizio, anche se quegli stessi sguardi provenivano semplicemente dagli amici.

Si susseguirono un'infinità di secondi, interrotti poi da Roby, che dopo aver dato uno sguardo al fratello mi guardò sorridendo: «Ok, vieni con noi! E non accetto un no come risposta. I nostri genitori ne saranno felici! E poi, in questo modo, sentiranno di meno la mancanza di nostra sorella...»

Era davvero molto buona, e in lei ritrovavo gli sguardi che aveva Josh nei suoi momenti di dolcezza: ma non volevo di certo fare la figura di un cagnolino abbandonato in autostrada. Il mio orgoglio era fin troppo grande.

«No, Roby. Te lo puoi scordare! Io non voglio essere un peso e non mi piace suscitare pena a nessuno!»

Eri troppo acida persino con chi non se lo meritava...

Cercate di capirmi: odiavo la famiglia anaffettiva che mi ritrovavo, e soprattutto, odiavo me stessa!

«Su, smetti di fare la vittima e non far finta di non essere felice dell'invito che hai ricevuto. Muoviti! Vai a fare la valigia, ci vediamo qui tra mezz'ora e non metterci troppo. Detesto aspettare.»

Sbagliavo o quell'imbecille mi stava *ordinando* di fare qualcosa? Da dove aveva tirato fuori tutta quell'acidità?

Ammettilo però, non aveva tutti i torti.

Non posso negare che mi facesse piacere l'idea di trascorrere con loro le vacanze, invece che da sola. Ma ammetterlo era un altro paio di maniche! Rimanevo pur sempre un'estranea che si inseriva in una festa di famiglia senza conoscere nessuno o quasi degli invitati.

Una volta in camera, infatti, cercai di far ragionare Roby: le dissi che si trattava di una festività da trascorrere in famiglia, tra parenti stretti, e che temevo di creare disagio con la mia presenza... La mia amica, in tutta risposta, telefonò a sua madre e in vivavoce ricevette il permesso di ospitarmi. Il tono di voce della donna era dolce e colmo di gioia: «Tesoro, i vostri amici sono sempre benaccetti nella nostra *casa*...»

Ancora quel maledetto termine...

Le madri potevano essere davvero così buone e accondiscendenti? Di sicuro lei lo era, a differenza della mia.

***

Erano passate da poco le sei di sera di quel martedì e noi non eravamo ancora partiti, suscitando così l'ira di Josh, che avrebbe dovuto guidare per almeno due ore. Non potevamo tardare ancora, e verosimilmente non saremmo arrivati in tempo per goderci la succulenta cena preparata da Mrs. Shell, la loro amorevole domestica.

Il viaggio fu comunque abbastanza divertente (per me e la mia amica, naturalmente) e assai meno per Josh, che minacciava di abbandonarci per strada se non avessimo smesso di cantare. Spense più volte la radio, ma noi continuavamo a riaccenderla, e riprendevamo a tormentarlo.

Come due bambine...

«Siamo arrivati, finalmente!» disse Roby catapultandosi fuori dalla macchina come un fulmine.

«Hai anche il coraggio di lamentarti? Io sto morendo di fame ed è tutta colpa vostra» rispose il fratello con tono stizzito, alzando gli occhi al cielo.

Non potei fare altro che ridere a quello scambio di battute così teatrale. *Dio, Josh e sua sorella erano proprio belli... Quanto mi mancavi Marc!*

Tuttavia, in men che non si dica, la mia attenzione fu attirata da una donna che ci aspettava sul ciglio della porta. Era molto alta e formosa, e indossava un'elegante divisa grigia, con un grembiulino bianco legato sul ventre.

Il viso, già dolce di suo, si era fatto ancora più luminoso per l'arrivo dei due ragazzi.

«Tata Shell, ci sei mancata!» urlò Roby saltandole addosso, mentre Josh si limitò a darle un bacio sui suoi perfetti capelli.

«Ragazzi miei, come siete dimagriti... È davvero così terribile il cibo della mensa? E questa bellissima ragazza come si chiama?», chiese sorridendomi.

«Buonasera Mrs. Shell, mi chiamo Margaret, ma tutti mi chiamano Meg. Io e Roby dividiamo la stanza all'università, e conosco Josh per la semplice sfortuna di dover frequentare insieme un corso di Politica internazionale.» Nel pronunciare quelle battute non potei risparmiarmi una smorfia disgustata.

Attenta a non commentare oltre, la domestica ci guidò subito all'interno, per evitare che prendessimo freddo e ordinò a Josh di comportarsi da perfetto cavaliere. Josh non se lo fece ripetere due volte, e subito cominciò a fare la spola con le nostre borse e valigie, depositandole dinanzi alla rampa di scale che portava al piano di sopra.

«Forza giovani, a tavola! Ho preparato il vostro piatto preferito!» richiamò subito la nostra attenzione Mrs. Shell, facendo entrare nel salotto un carrello pieno di cibo.

Dopo aver preso posto, la governante fece uno strappo alle rigide regole della casa e si sedette al nostro tavolo per stare "con i suoi bambini".

Doveva proprio sentire la loro mancanza, per disobbedire a una regola così importante...

Naturalmente aveva chiesto in anticipo il permesso, ma i suoi datori di lavoro non erano ancora in vista.

«Tata, dove sono papà e mamma?» chiese Roby, impaziente di presentarmeli.

«Visto il vostro ritardo, non hanno potuto trattenersi. Vi aspettavano nel pomeriggio, ma questa sera erano attesi a una cena di beneficenza. Li incontrerete domani mattina» disse con un accenno di rimprovero la domestica, poi cercò di alleggerire il tono. «Mi dica, Miss. Meg, questo testone si comporta bene all'università?»

«Tata, hai sbagliato persona cui chiedere. Bubble non dirà mai niente di positivo su di me! Anzi, mi sfrutta... approfitta della mia intelligenza per prendere voti alti negli scritti» rispose Josh al mio posto, guardandomi con aria divertita e quasi da vittima.

«Brutto scimmione, smettila di chiamarmi con quel nome orrendo!»

Nell'udire le mie proteste, Mrs. Shell scoppiò a ridere: doveva voler proprio bene a quel ragazzo. Io invece non digerivo l'idea di essere presa in giro anche da una persona che conoscevo sì e no da cinque minuti.

Trascorremmo il dopocena guardando tutti insieme un film, fino a quando il sonno non ci invitò a raggiungere le nostre stanze.

La camera degli ospiti era molto grande e io rimasi colpita dal suo stile d'epoca: le pareti erano beige e sulla sinistra c'era un grande armadio abbellito da lunghi specchi che ne ricoprivano completamente le ante. Al centro vi era un letto a baldacchino, e gran parte del bel pavimento in legno era coperta da un bellissimo tappeto persiano. Da un'enorme finestra sulla destra entrava tutta la luce riflessa della luna che creava un'atmosfera fiabesca.

Capitolo 9

Un'amicizia che profuma d'amore

Il mattino seguente ebbi la forza di alzarmi solo perché Roby, più euforica che mai, era entrata nella mia camera saltando sul letto e colpendomi con un cuscino. E per colpa sua avevo iniziato la mattinata cullata da un nervosismo omicida.

Insomma incarnavi la figura della perfetta zitellona acida già dalle prime luci dell'alba!

Quando fui in piedi e quasi davanti alle scale, sentii Josh che avanzava alle mie spalle, trascinandosi con quel poco di forza che aveva e imprecando. Ciò significava che Roby aveva svegliato allo stesso modo anche lui e guardandolo bene in faccia non potei fare a meno di ridere, guadagnandomi un'occhiataccia da parte sua.

La colazione era già ben disposta sul grande tavolo di legno dove avevamo cenato la sera prima.
Quelli che a mio avviso dovevano essere i signori Kent avevano occupato i rispettivi posti, così come Roby. Probabilmente era corsa da loro subito dopo

averci svegliato, lasciando che io e Josh escogitassimo una possibile vendetta nei suoi confronti.

Quando finalmente ci videro arrivare insieme, calò il silenzio. Al padre venne quasi un colpo, mentre la madre ci accolse con un gran sorriso.

Ecco, la prima figura di merda della giornata, pensai a quel punto.

«Amore, come sei diventato bello, mi sei mancato tanto» disse Mrs. Kent, raggiungendo Josh per abbracciarlo. «E tu, invece, devi essere la sua bellissima ragazza, vero?» aggiunse, abbracciando calorosamente anche me.

A quest'ultima esclamazione Roby scoppiò a ridere, subito seguita da Josh, mentre io per l'imbarazzo diventai rossa come un peperone, oltre a rimanere immobile come una statua.

Mi chiesi se fosse così ovvio associare la mia figura a quella del ragazzo narcisista – forse era per questo che all'università nessuno mi avvicinava?

Già, chissà se era questo il motivo per cui tu eri una zitellona acida, fatta e finita.

«No mamma, lei è Meg, è solo l'amica di cui ti ho parlato al telefono. Ma come ti è venuta questa idea?» rispose Roby, continuando a ridere.

«Oh, chiedo scusa cara! Non era mia intenzione creare imbarazzo» mi disse la signora, mostrandomi il suo bellissimo sorriso e prendendomi le mani.

Pensando che la cosa non mi sarebbe dispiaciuta, annuii sorridendo mentre ci sedevamo ai nostri posti.

C'era tantissimo da mangiare – invitanti pancake, muffin, uova strapazzate, wurstel, croissant, tante spremute di frutta... – tanto che lo scimmione si sentì in dovere di bisbigliarmi una cattiveria: «Contieniti Bubble, sembra che tu non abbia mai visto del cibo!»

Finita la colazione Mrs. Kent propose a noi ragazze una giornata di shopping nei migliori negozi del posto, in cerca di chissà cosa, mentre Josh sarebbe andato in visita con suo padre allo studio legale di famiglia. Tata Shell a sua volta doveva recarsi al supermercato per comprare il tacchino e tutto il necessario per la cena del Ringraziamento. Mi spiegarono che la padrona di casa avrebbe organizzato una festa per tutti i loro amici più cari, e quindi era il caso di comprare un vestito di una certa eleganza. Per questo Roby scelse un bellissimo tubino ocra in jersey, con le maniche a tre quarti in pizzo, mentre io optai per un vestito in maglina bordeaux. Poi occorreva trovare le scarpe adatte, così subito dopo, ci incamminammo dal "fornitore" di fiducia, il quale consigliò alla figlia un sandalo alto intrecciato, che le accarezzava letteralmente la caviglia.

A me invece mostrò un paio di décolleté nere brillantinate, alte all'incirca dieci centimetri. Non poteva dirmi in faccia che ero un po' bassina, ma ci arrivai da sola, e così acconsentii.

Mi diedi alla pazza gioia per il resto della mattinata, perché ero ispirata dal momento gioioso che stavo vivendo. Finalmente sapevo cosa significasse andare a fare compere con una madre: peccato solo che non fosse la mia, che mi considerava troppo al di sotto dei suoi canoni di stile per poterla affiancare.

Quando fu l'ora di pranzo, ci fermammo in un grazioso ristorante italiano, *adoravo!* Mrs. Kent ordinò un'insalata di pollo, Roby spaghetti con polpette e io una lasagna. Sapevo di non aver scelto un piatto leggero, ma non mi importava, amavo il cibo ed ero felice della mia taglia sei/otto...

Va bene, poco importa, la taglia di una donna non va mai rivelata!

Erano ormai le sei e il nostro tour stava per terminare, così chiamammo il nostro autista per farci riaccompagnare a casa. Dalla targhetta dorata posta sul taschino scoprii che si chiamava Tom. Doveva avere sui sessant'anni, e a quanto mi disse poi Roby, lavorava per la famiglia Kent da tre decenni.

Una volta a casa, dopo aver posato nelle nostre rispettive camere tutto ciò che avevamo collezionato durante la giornata, le nostre strade si divisero. Mrs. Kent si diresse, un po' titubante, dal marito per informarsi su come avevano trascorso la giornata lui e il figlio. *Chissà dov'era Josh...*

Scendemmo al piano di sotto e lo trovammo in cucina, seduto a uno sgabello dell'isola centrale. Aveva uno sguardo perso, quasi triste. Chi meglio di me poteva capire quello stato d'animo?

Roby lo abbracciò, facendolo sussultare; ma subito Josh si abbandonò a quella dimostrazione d'affetto e mi guardò negli occhi regalandomi una smorfia e un bellissimo sorriso che mi toglieva il fiato.

Schiarendosi la voce, la mia amica cercò di recuperare la sua attenzione raccontandogli ogni dettaglio della giornata e descrivendogli i numerosi vestiti che avevamo comprato. Nel momento esatto in cui Roby aveva terminato il racconto, Mr. Kent fece il suo ingresso in cucina.

Anche il signor Kent era una bellissima persona, dalla voce dolce e con occhi verdi come quelli di Roby, ma di una tonalità più chiara. Ci chiese se avessimo fame ma Josh fu pronto a rispondere che avrebbe preferito cenare fuori.

Ottenemmo facilmente il suo consenso, e prima di ritirarsi nella propria stanza ci raccomandò di stare attenti e di non fare troppo tardi. Probabilmente, quella doveva essere una supplica nei confronti del figlio, chissà.

Salimmo al piano di sopra, dove c'erano due bagni: quello in cui mi recai io era davvero splendido, con una doccia idromassaggio e stupendi arredi in marmo. L'ideale per rilassarsi dopo una lunga giornata trascorsa fuori.

Uscita dalla doccia indossai un accappatoio, e mentre stavo raggiungendo la mia stanza, incrociai Josh, il quale non appena mi vide, si irrigidì.

«Se non la smetti di fissarmi finirai steso a terra e senza vita» gli dissi dopo essermi accorta della radiografia che mi stava facendo con lo sguardo. Potevo sentire i suoi occhi accarezzare ogni centimetro della mia pelle.

«Sc... scusami!»

Era proprio un ragazzo confuso, quasi peggio della sottoscritta. Un attimo prima mi sfidava e un attimo dopo mi faceva capire tutt'altro, e quando gli rispondevo con tono acidulo, se ne andava via senza proferire parola...

Uomini!

Quando fummo tutti e tre pronti e agghindati a festa, ci dirigemmo in auto in un locale alla moda, che poteva ospitare fino a duecento persone. La musica era lieve all'ingresso, e a mano a mano che ci avvicinavamo al centro della pista, il volume aumentava. Ciò mi portava a pensare che il locale fosse insonorizzato.

«Ragazzi, spero che non vi dispiaccia se vi abbandono per un momento, ma vorrei salutare un mio amico che non vedo da un po'» disse Roby indicando un bellissimo ragazzo biondo con gli occhi cerulei che ci salutava dal bancone del bar. In quel momento fece ingresso la mia curiosità, sottolineando il desiderio di conoscere il maggior numero di dettagli.

Non pensiate che io sia una di quelle vecchie pettegole. Diciamo che mi considero solo un'amica iperprotettiva... *Balle!*

Per fortuna, quando fece ritorno, Roby era insieme a lui. Si chiamava Luke: era di un paio di anni più grande di noi, e studiava per diventare un *filmmaker*. Sono quasi sicura che fosse lui il ragazzo con cui Roby chattava freneticamente, mentre io cercavo di liquidare l'invito di Josh.

Dopo i convenevoli quei due si abbandonarono a una lunga conversazione, dimenticandosi completamente di noi. «Ti prego Meg, andiamo a ballare, mi sta venendo la nausea a guardare questi due» disse Josh fingendo di vomitare e assicurandosi che non lo sentissero.

Io sorrisi alla sua richiesta e lo presi per mano per trascinarlo sulla pista da ballo. Iniziammo subito a scatenarci con una bella canzone di Ellie Goulding; non potevamo fare altro che sorriderci mentre ondeggiavamo in mezzo alla folla, al ritmo dei successi *dance* del periodo come "Generate" di Eric Prydz, "I wanna know" di Alesso e "Ten feet tall" di Afrojack.

Ci stavamo divertendo esattamente come alla festa di Halloween. Il volto triste che avevo intravisto in cucina qualche ora prima adesso era sparito, lasciando il posto alla spensieratezza.

Purtroppo, però, quella felicità non durò molto. Dopo qualche minuto un ragazzo visibilmente sbronzo fece per avvicinarsi a noi con aria di sfida.

«Ma guarda un po' chi si rivede!» Il suo sguardo era pieno di malizia e cattiveria.

«Mike...» riuscì solo a dire Josh.

Mike? Ecco la mia mente vagava invano tra i cassetti della memoria alla ricerca di quel nome, anche se in quel momento il mio unico pensiero era quello di trascinare via Josh da quel posto, il prima possibile. Non volevo che finisse di nuovo nei guai.

«I miei amici mi hanno riferito della tua gita in cella di qualche giorno fa» disse biascicando Mike, mentre Josh era ormai sul punto di esplodere. Le sue nocche erano diventate bianche, tanto stringeva forte la presa. Per cercare di limitare il suo nervosismo lo presi per mano, tentando di trascinarlo da parte.
«E questa bambolina chi è?»
Il volto di Mike si avvicinò così tanto al mio che potevo sentirmi arrivare addosso l'odore del whisky.
«Non toccarla e, soprattutto, non azzardarti più a rivolgerti così a lei» gridò Josh, spingendo lontano Mike; poi afferrò la mia mano e finalmente uscimmo fuori dal locale. Era davvero agitato, tanto da prendere a calci i secchi della spazzatura del vicolo dove ci eravamo appartati.
Non sapevo come calmarlo né tanto meno riuscivo a farlo ragionare: lui non voleva sentirne. *Perché agitarsi tanto?*
«Dai Josh, è solo un pezzo di merda! Non merita tutta questa attenzione.»
Le mie parole lo fecero sorridere per un momento, anche se forse era solo nervosismo.

Oppure si era messo a immaginarti nei panni di uno scaricatore di porto...

Rientrando mi accorsi che stavano suonando un brano R'n'B, "You don't own me": quel duetto tra Grace e G-Eazy mi sembrava appropriato per ritrovare la calma. Proprio per questo motivo fui io, questa volta, a chiedergli di ballare con me. Poggiai una mano sulla spalla di Josh, mimando le parole della canzone: sembrava divertirsi e apprezzare i miei movimenti.

Il suo sorriso...

Nel girare su me stessa, ottenni quello che la mia mente perversa aveva desiderato sin dalla notte di Halloween. La sua mano era poggiata sul mio fianco e la sua fronte chinata sulla mia. Quando finalmente giunse il momento del casqué riuscii a sentire il suo caldo respiro sulle mie labbra. Che magnifica sensazione! Avrei tanto voluto assaporarle, bacio dopo bacio, per poi perdermi in un'overdose di piacere... E invece il sogno dovette interrompersi bruscamente. Purtroppo, mi accorsi che Mike stava facendo ritorno e questa volta accompagnato da altri due ragazzi, alticci tanto quanto lui.

«Ma com'è sexy la bambolina quando si muove. Dai, balla con me adesso!» gridò afferrandomi per il polso.

Istintivamente, dopo aver più volte cercato di liberarmi, gli diedi una ginocchiata nei "gioiellini", facendolo accasciare al suolo.

Ben gli stava a quel pervertito!

Tutti rimasero basiti, e le persone che si trovavano intorno a noi si fermarono per vedere cosa fosse accaduto.

Ero riuscita a metterlo al tappeto, ma ero pur sempre una ragazza e per quanto decisa nei modi sapevo che qualcuno avrebbe ripagato la mia reazione; infatti, a stretto giro, ricevetti uno schiaffo sulla guancia sinistra, che mi fece cadere a terra. In quel momento il mio pensiero non era rivolto al dolore che stavo provando, ma alla consapevolezza che Josh non avrebbe lasciato impunito quel gesto nei miei confronti.

Infatti, non perse tempo a venire alle mani con quell'idiota. Roby, intanto, accorse sulla pista per aiutarmi a rialzarmi, mentre Luke si era unito a Josh per impartire una lezione a quei bastardi.

La rissa si placò solo quando sopraggiunsero sulla scena i vigilanti del locale, che separarono a forza i litiganti e portarono fuori di peso i ragazzi ubriachi, minacciando loro di chiamare la polizia; altri buttafuori, pur avendo capito che eravamo stati provocati, ci fecero lo stesso una scenata, ma ci permisero di restare, sotto il loro controllo.

«Come stai Meg?» mi chiese un volto rossastro, che riconobbi essere quello di Josh.

Lo avevano conciato proprio male, e tutto per colpa mia! Avrei dovuto resistere a quelle provocazioni... Di sicuro, suo padre avrebbe dato seguito con una sfuriata...

Non fartene una colpa, Meg...

Passammo il resto della serata senza più parlare, seduti su un divanetto, con la folla che faceva attenzione a evitarci e i "gorilla" che non ci mollavano un momento.

Quando Luke decise che era ora di andarsene lo salutammo, ringraziandolo per l'aiuto offertoci. Lui ricambiò con un "ci vediamo domani": questo significava che Roby lo aveva invitato alla festa.

Merda, la festa, pensai.

Di male in peggio! Meg, non potevi startene a casa?

* * *

Ormai erano le tre del mattino, eravamo rientrati già da un paio di ore e io non riuscivo ancora a prendere sonno. Prima di entrare nelle rispettive camere, io e Josh ci eravamo procurati dei sacchetti di ghiaccio, sperando che il giorno dopo le ferite non fossero troppo vistose.

Purtroppo io non riuscivo a dimenticare quello che era successo al locale. Quel nome mi ricordava qualcosa... ma cosa? D'un tratto mi tornò in mente il racconto dell'espulsione di Josh. Ecco da dove proveniva tutto quel rancore. Mike era senz'altro il suo ex migliore amico, e quelle immagini nella mente mi spinsero ad alzarmi d'istinto dal letto e a dirigermi verso la sua stanza. Se l'alternativa fosse stata rimanere immersa in quel senso di colpa, tanto sarebbe valso muovermi in silenzio, bussare piano alla porta di Josh e vedere cosa sarebbe accaduto.

Capitolo 10

Il tacchino sembra fare la danza della felicità

«Ehi» dissi a Josh, cercando di decifrare il suo sguardo spento. Guardandolo, notai che mi aveva aperto con indosso solo il pantalone del pigiama, che a malapena copriva quello che avrebbe dovuto nascondere. La sua pelle color caramello metteva in risalto i suoi addominali, i suoi capelli erano spettinati e di sicuro non stava dormendo.

Ah, come avrei voluto toccarlo, ma mi limitai a guardarlo...

«Ciao...» rispose, continuando a non staccare i suoi occhi dai miei. Quei due cioccolatini sembravano non voler abbandonare le mie due nubi di fumo.

«Non riesco a dormire» sussurrai. «Mi sento in colpa per quello che è successo prima, e poi...»

Non riuscii a terminare la frase che mi tirò all'interno della stanza, chiudendo la porta alle mie spalle.

«Shhh! Sono io che ti devo chiedere scusa... non sono riuscito a difenderti.» La sua voce si interruppe mentre abbassava la fronte sulla mia, appoggiando un braccio sulla porta. Ero circondata dalla sua morsa. Potevo sentire il suo respiro caldo sulla mia pelle... e un brivido attraversò tutto il mio corpo. Penso che in quell'occasione, la mia pressione fosse salita alle stelle... *SOS arresto cardiaco in corso!*

Tentai di rassicurare Josh con un sorriso, senza lasciar trasparire il mio desiderio di saltargli addosso: «Non ti preoccupare!» ma lui mi azzittì! Non voleva certo ascoltare le mie bugie.

Continuava a fissarmi senza dire niente, così mi feci coraggio e gli chiesi di rimanere a dormire con lui quella notte. Il suo sguardo divenne inquisitorio e un lungo silenzio calò a quella richiesta.

Beh, mi sembra ovvio dato che gli hai appena chiesto di venire a letto con te!

«Sei un pervertito! Non fraintendere la mia richiesta. Non intendevo in quel senso. È solo che non mi va di stare sola, non è un bel momento... e poi tua sorella si è chiusa in camera...»

«Ok, fammi prendere una maglietta, non si sa mai con te!» bisbigliò voltandosi; a quel punto mi accorsi, con grande sorpresa, che il suo tatuaggio non si limitava a fasciargli il bicipite, ma continuava anche sulla schiena. Sfortunatamente l'imbarazzo non mi permise di capirne il disegno.

«Tutto bene?» mi chiese guardando la mia immagine riflessa nello specchio.

«Sì, stavo solo ammirando il tuo tatuaggio. Posso vederlo più da vicino?» La mia richiesta, purtroppo, non fu soddisfatta.

«Scusa, non mi va, è tardi e inizio ad avere sonno.»

Senza pensarci, gli accarezzai istintivamente il viso.

Avvertivo una certa tristezza nei suoi occhi e non volevo che si sentisse ancora in colpa per l'accaduto. O forse nascondeva altro…

Josh poggiò la mano sulla mia. Aveva socchiuso gli occhi, forse per assaporare l'affetto del mio gesto.

Capimmo entrambi che era arrivato il momento di riposare. Ci distendemmo sul letto e io mi addormentai dandogli le spalle. Non volevo che pensasse che fossi una maniaca! Soprattutto, non volevo che si accorgesse dei miei crescenti sentimenti.

«Non lasciarmi mai» mi sussurrò Josh appoggiando la testa sulla mia nuca.

Non sapevo se Josh si stesse rivolgendo davvero a me o se stesse sognando, ma quelle tre parole mi diedero quella pace che mi fece addormentare come una bambina tra le braccia del padre.

* * *

Venne l'alba con i suoi colori e i primi raggi del sole penetrarono nella stanza. Il mio cervello non aveva ancora riacquistato quella lucidità necessaria a farmi rendere conto dei movimenti involontari che stavo compiendo. Lo sguardo fisso di Josh su di me e la sua mano che accarezzava la mia schiena mi ricordarono che non ero sola.

«Buongiorno!» mi sussurrò all'orecchio, facendomi mancare di un battito il cuore.

Di tutta risposta ero riuscita solo a mugolare qualche consonante. *Merda!*

«Per quanto possa essere eccitante che una donna abusi del mio bellissimo corpo, ti devo ricordare che siamo a casa dei miei! Se qualcuno di loro dovesse alzarsi prima di noi, si accorgerebbe che la tua stanza è vuota.»

Non riuscivo ancora a capire cosa stesse dicendo, ma quando aprii gli occhi, mi accorsi che avevo una mano ferma sui suoi addominali sotto la sua maglietta, e con il pollice stavo facendo dei piccoli cerchi che ne marcavano la forma scultorea.

Dormi o sei desta Meg?

«Cazzo, scusami» dissi con imbarazzo, mettendomi seduta in men che non si dica. In quel momento pensai che se Ally avesse potuto vedermi mi avrebbe sicuramente disconosciuto come amica! Non mi ero comportata per niente bene nei suoi confronti, non sarei mai dovuta entrare nella stanza di Josh. Tuttavia, non avrei potuto fare altrimenti, in quel momento avevo un assoluto bisogno di compagnia per poter sfuggire ai demoni del mio passato che cercavano di riaffiorare, attraverso i sensi di colpa...

«Ora mi alzo...» risposi, mettendomi a sedere sullo spigolo del letto in cerca delle pantofole che non trovavo. Senza guardarlo uscii dalla stanza per tornare nel mio rifugio.

* * *

La casa era già adornata a festa. C'erano camerieri che andavano ovunque, disponendo sui lunghi tavoli bellissime tovaglie di seta color senape. Il mio stomaco iniziava a reclamare cibo, *come al solito*.

«E no, fermi lì! Se volete mangiare qualcosa avete cinque minuti di tempo per passare dalla cucina, afferrare la prima pietanza che trovate, e filare subito al piano di sopra! Vi voglio pronti tra due ore davanti alle scale!»

Sissignore!

Questa non poteva essere la richiesta della dolce Mrs. Kent. Si trattava sicuramente del comando di un generale. Senza obiettare minimamente facemmo come ordinato. Mangiammo tutti nella mia stanza, mentre cercavamo di organizzarci per la serata.

«A proposito, Roby... raccontami di Luke?»

Alla mia domanda Josh fece cadere il sandwich che stava addentando. Avevo percepito il suo disagio, e per questo avevo deciso di divertirmi un po'.

«Oh, Meg, è un amore, sono troppo felice!»

Riconoscevo l'espressione che le si stava stampando in viso, e dovevo ammettere di provare un leggero senso di gelosia.

«Sai, quando stiamo insieme mi sembra...»

«Ok, basta! Io me ne vado, non ho intenzione di ascoltare queste stronzate» disse Josh, uscendo dalla camera.

Che esagerato! *Che fratello iperprotettivo.*

*Deve essere sempre al centro dei pensieri di tutti...
Chissà cosa combinerà quando avrà una donna?*, mi
chiesi.

«Terra chiama Meg!»» Mi risvegliai dai miei pensieri solo quando vidi la mano di Roby oscillare davanti al mio viso. «A te piace proprio tanto mio fratello, di' la verità...»

Cercai di ribattere: «Ma come ti vengono in mente queste assurdità? E poi Josh piace ad Ally... di certo non posso e non voglio entrare in competizione con lei... Gliel'ho promesso» risposi balbettando come una stupida.

«Che piaccia ad Ally non significa che non possa piacere anche a te! Ho notato come vi guardate, l'elettricità che c'è tra voi... Se posso essere sincera, trovo che abbiate molte cose in comune. E da quando ti ha conosciuto, riesco a vedere nei suoi occhi un po' più di spensieratezza. Fossi in te, proverei a farci un pensierino. Dopotutto non potrai mai sapere come andrà a finire se prima non ci provi!»

Non sapevo proprio cosa risponderle.

Forse aveva ragione...

Non sapevo proprio cosa risponderle. Ovvio che anche a me sarebbe piaciuto sentirmi amata, coccolata... ma, io...

***

Erano le sette di sera quando gli ospiti iniziarono ad arrivare. Ovunque volgessi lo sguardo vedevo donne adornate da enormi gioielli che cercavano di attirare l'attenzione degli altri invitati, ancor più dei loro stessi abiti. Gli uomini, invece, avevano come solo obiettivo quello di pavoneggiarsi del loro successo negli affari. Tutti indossavano, come richiesto dai padroni di casa, lo smoking; tutti eccetto Josh che aveva deciso di evitare tutti quei fronzoli richiesti, indossando un semplice completo grigio.

Da mozzare il fiato!

Vagabondando in quella giungla umana vedevo molte persone apprezzare gli stuzzichini preparati da Mrs. Shell e lo Champagne ordinato appositamente per gli invitati da Mr. Kent.

D'un tratto intravidi anche Luke e avvicinandomi gli chiesi: «Come va? Passato il dolore alle nocche?» Mi sentii sollevata nel notare che non aveva riportato lividi troppo vistosi.

«Sì, sto bene, ma... se solo ripenso a quei bastardi!»

«Non pensiamoci. Adesso ti lascio con la tua Roby mentre io faccio un giro» e li salutai sorridendo.

Nel girovagare per tutto il piano inferiore, mi accorsi che il centro del salotto era diventato una pista da ballo, mentre la sala da pranzo era stata adibita a "piccionaia". Proprio in quest'ultima sala, notai Josh impegnato a discutere con alcuni colleghi della madre, che un domani sarebbero di sicuro diventati anche i suoi; lo osservai per qualche istante, mentre pensavo a quanto fossi fuori luogo in quella casa. Pensai anche di salirmene in camera – tanto nessuno avrebbe sentito la mia mancanza... quando fui delicatamente afferrata per un braccio. Era Mr. Kent, che mi fece una simpatica riverenza.

«Ti stai divertendo?»

«Sì, è proprio una bella festa.» Mentii per evitare il disagio che stavo provando, e lui fece finta di credermi, accennando un sorriso.

«Sai, Margaret, mi ha fatto piacere averti come nostra ospite. Non so come mai tu non abbia deciso di tornare a casa dai tuoi, e non voglio saperlo, ma sono contento di questa amicizia che è nata tra te e i miei figli. Roby è una ragazza d'oro e quando riesce ad aprirsi con qualcuno, lo fa perché veramente la considera una persona speciale. Josh, invece, all'inizio può sembrare un ragazzo difficile, ma se lo si conosce a fondo, si impara ad amare ogni suo aspetto. Lui, forse, è quello più bisognoso d'affetto tra i due...»

Le parole di Mr. Kent mi suonavano strane, e ogni singola parola non faceva altro che aumentare ogni dubbio che si era insinuato da giorni nella mia mente. Stavo iniziando a legarmi troppo a quel ragazzo...

Mi avrebbe lasciata anche lui, in un modo o nell'altro, proprio come Marc.

«Volevo anche ringraziarti» continuò Mr. Kent. «Mio figlio mi ha raccontato della notte trascorsa in cella e del fatto che tu gli abbia pagato la cauzione. Diciamo che si è sentito obbligato a raccontarmi tutto, specialmente quando si è accorto che io avevo esteso l'invito anche al poliziotto che lo ha spedito dentro.»

«Si figuri, Signor Kent. So che ha sbagliato a tornare in quel posto, ma non è stata solo colpa sua. E se posso essere sincera, i vecchi amici di Josh non sono proprio delle brave persone.»

«Lo so. E ti ringrazio per l'aiuto che ci stai dando» concluse con gli occhi quasi lucidi. «Adesso però ti lascio andare, mio figlio non ha smesso di toglierti gli occhi di dosso da quando abbiamo iniziato a parlare.» Io mi voltai e vidi Josh insieme a Luke e a Roby intento a fissarmi. Così, nel sorridergli, feci un piccolo e goffo inchino.

«Ah, cara, sappi che sei e sarai sempre la benvenuta in questa casa» e si congedò.

Raggiunsi i miei amici continuando a sorridere come un'ebete, mentre lasciavo il mio cavaliere in compagnia di una nuova dama. Ero molto soddisfatta di quella conversazione, anzi quasi euforica, tanto che ai miei occhi, persino il tacchino arrostito sembrava fare la danza della felicità.

Josh mi tirò a sé in modo tale da velocizzare il mio passo e posò il suo gomito sulla mia testa a mo' di tavolino. L'inconveniente di essere una nana!

«Bubble, non puoi abbandonare me e iniziare a sedurre anche mio padre. Ne potrei morire! Sono un tipo geloso, sai!» disse con quel sorriso incantevole che tanto odiavo.

«Come dire, il capello brizzolato ha sempre avuto un certo fascino.» Luke e Roby scoppiarono a ridere e a loro mi aggiunsi anch'io.

Dopo qualche minuto la mia amica propose di defilarci dalla sala e di appartarci in una delle stanze al piano superiore.

Scegliemmo quella di Josh, che era la più grande e la più isolata del secondo piano. Prendemmo un paio di piumoni, che sistemammo a terra davanti al letto, poi vari cuscini e altrettante coperte da mettere addosso nel caso iniziassimo ad avere freddo.

Noi ragazze cominciammo a fare un resoconto di tutto quello che era accaduto fino a quel momento, poi Josh e Luke si guardarono con aria da cospiratori.

«Basta! Avete rotto le palle con tutte queste chiacchiere! Luke, guardiamo un film... e bada che non sia una delle solite commedie romantiche...» inveì Josh.

Puntualmente Roby ribatté: «Fermo Luke, vedremo "La risposta è nelle stelle".»

Luke non fece molte storie. Josh alzò gli occhi al cielo: «Le solite pagliacciate! Il cowboy che diventa un rammollito e la ragazza di turno che cerca di aiutarlo. Vorrei vedere nella vita reale, se la principessina si innamora realmente di un poveraccio. Questo film è proprio scontato!»

Nella mia mente giurai che se avesse continuato, gli avrei fatto assaggiare uno dei miei famosi destri. Prendere per il culo un capolavoro di Nicholas Sparks!

Quale oltraggio! «Ti assicuro che il prossimo film che sceglieremo sarà ancora più sdolcinato se non la pianti!»

A quel punto, fu una vera e propria sfida nei miei confronti. Assillò Luke affinché cambiassimo film e così fu.

Non appena io e Roby vedemmo comparire sullo schermo il vecchio Sylvester Stallone che spiegava a un ragazzo come colpire l'avversario, per me e Roby scattò l'effetto sonnifero. Potevo però giurare che anche quelli di Luke fossero sul punto di chiudersi; altro che il figlio di Apollo Creed. All'incirca a metà film, la porta della stanza si aprì, facendo svanire momentaneamente la mia stanchezza.

Era Mrs. Kent. «Ma allora siete qui! Vi ho cercati dappertutto. Volevo darvi una fettina di torta, ma vedo che sono arrivata troppo tardi.»

«Sì, mamma. Volevamo starcene un po' tra noi, ma come vedi si sono addormentati tutti... Spero che non ti dispiaccia se dormiamo tutti qui stanotte.»

«Certo, caro! Se vi serve qualcosa fammi sapere.»

«Un'ultima cosa, potresti avvisare i genitori di Luke?»

Una volta che la porta fu chiusa, Josh spense la tv, mi diede un pizzicotto per appurarsi che stessi dormendo e si distese di fianco a me, mettendomi un braccio sotto la testa, attirandomi a sé. Con la mano libera, invece, iniziò ad accarezzarmi la guancia fino a scendere vicino al collo.

Quel ragazzo ci sapeva proprio fare! Aiutooo...

Il mio cuore in quel preciso istante iniziò a battere più veloce del solito, così feci finta di voler cambiare posizione. Non volevo che si accorgesse che ero sveglia e che lottavo contro me stessa per non saltargli addosso.

* * *

Non so quanto tempo fosse trascorso, ma a causa dei numerosi flute tracannati nel corso della serata, fui costretta a staccarmi da quell'involucro di dolcezza, in cerca della cucina.

Feci comunque molta attenzione, cercando di non svegliare gli altri, ma non appena fui quasi in piedi, mi sentii afferrare per il polso.

«Dove vai?» mi disse Josh, spaventandomi a morte.

«Da nessuna parte! Ho solo sete. Vuoi venire giù con me?»

L'orologio in cucina segnava le sei, e anche il mio stomaco cominciava a reclamare attenzione e a brontolare.

«È mai possibile che hai sempre fame?» ecco nuovamente il mio cuore accelerare e le mie guance cambiare colore... Non poteva sussurrare al mio orecchio, ero troppo sensibile. Immaginate, poi, quando mi sollevò fino a farmi sedere sull'isola della cucina. *Ti prego, baciami tutta!*

«Stai buona qui, ti preparo un cappuccino» mi disse, e si diresse verso la credenza per prendere tutto il necessario.

Solo allora, mentre era tutto intento a preparare la colazione, mi accorsi che stava indossando ancora i vestiti della festa. La camicia era ormai fuori dai pantaloni e tutta stropicciata.

Conosci qualcun altro che riesca a essere sexy anche alle prime luci dell'alba?

«Tieni, è pronto, hai visto come so essere servizievole la mattina? Sarà il miglior cappuccino che tu abbia mai bevuto. Quindi ricordati che sei in debito con me.»

Ora si era fatto ammiccante e io non smettevo di pensare che invece di baciarlo stavo lì a sprecare tempo, come sempre.

A interrompere quel momento di stallo ci pensarono quei dolci rompipalle di Roby e Luke che avevano deciso di raggiungerci.

Non potevano rimanere un altro po' in camera?

«Abbiamo fame!» bofonchiò la mia amica guardando la mia bevanda e implorando cibo.

«Tranquilla, adesso grazie a voi tre ho capito quale sarà il mio avvenire dopo la laurea! Ecco i cappuccini anche a voi. E tu Meg, non startene lì impalata, vai a prendere la torta di mirtilli e zucca che non abbiamo mangiato ieri alla festa.» *Ora sì che riconoscevo il mio scimmione!* «Naturalmente sono dieci dollari a testa! Non faccio mai niente per niente!»

Accattone!

Iniziai a pensare che quella sarebbe stata la nostra ultima colazione tutti insieme prima di ritornare alla solita routine.

«Ehi, cos'hai?» mi disse Josh.

«Niente, è solo che domani dobbiamo tornare al campus e per questo mi sento un po' giù... Qui mi sono sentita a casa, come non mi accadeva da tempo.»

«Oh Meg, questa è anche casa tua» squittì Roby, scendendo dal suo sgabello per venirmi ad abbracciare.

Naturalmente mi pentii subito di quelle mie parole troppo rivelatrici. *Accidenti, che problema avevo?*

Nessun problema, Meg. Il tuo cuore aveva capito ciò che la tua mente rifiutava.

Capitolo 11

Scorbutico! Cafone! Amore!

Lunedì. La sveglia, o almeno sembrava quello l'oggetto da associare a quel frastuono, suonava già da un quarto d'ora, e io non avevo nessuna intenzione di alzarmi dal letto, per nessun motivo al mondo. Faceva freddo e l'aria era umidiccia.

Nonostante i miei propositi a vincere la mia resistenza fu qualcosa di ancora più fastidioso, la suoneria del mio cellulare.

«Pron...»

«Se non ti alzi entro dieci minuti giuro, vengo lì e ti trascino in pigiama a lezione!» ordinò una voce carica di rimprovero e prepotenza che non mi diede neppure il tempo di rispondere.

Come se tu non lo avessi già riconosciuto, Meg!

Arrivata in aula per la lezione di Politica internazionale misi la testa sul banco cercando di approfittare dei minuti che mancavano all'inizio per riposare ancora un po'. Un'utopia, dato che al suo arrivo lo scimmione mi colpì con il quaderno sulla testa, per il semplice gusto di farmi innervosire.

Il professor Dylan sembrava più soporifero del solito o forse ero io a non riuscire a tenere gli occhi
aperti a causa delle poche ore di sonno. Ultimamente
dormivo poco e mangiavo ancor meno poiché so-
gnavo sempre la stessa cosa:

Era come un brutto presentimento che non riuscivo a togliermi dalla testa. Sapevo che l'affetto che
stavo iniziando a sentire nei suoi confronti, molto
presto, si sarebbe trasformato in qualcosa di perico-
loso.

«Ti vuoi svegliare?» mi disse in tono aspro Josh,
nonostante continuassi a non guardarlo in faccia.

«Scusami, ma non mi sento bene, ho bisogno di
tornare in dormitorio...»

Non gli diedi neanche il tempo di replicare. Mi alzai
dal mio posto e prima ancora di rendermene conto
ero già nel corridoio, pronta a rifugiarmi nella mia
stanza. Pensavo che la presenza di Josh potesse peg-
giorare lo strano presentimento lasciatomi dal mio
incubo ricorrente: per questo decisi che l'unica cosa
da fare in quella situazione era tenermi a distanza da
lui e dai miei amici. Allora sì che non avrei avuto di
che preoccuparmi.

*Anche a costo di rimanere da sola col pensiero del
tuo passato?*

Forse fu un errore, ma in quel momento volevo soltanto che i giorni trascorressero più lentamente, con la stessa velocità con cui possono trascorrere gli anni. Mi ero di nuovo isolata, come non facevo da tempo. Evitai i miei amici per tutta la settimana, anche se non era per niente facile, perché dividevo la stanza con Roby. Avevo bisogno di spazio e odiavo il loro atteggiamento opprimente. Persino Josh aveva deciso di non darmi tregua: ogni giorno mi assillava con stupidi messaggi ai quali puntualmente non rispondevo. Forse fu proprio il mio atteggiamento che lo fece irrompere nella mia stanza un sabato pomeriggio. Lo guardavo accigliata, anche se la sua sola presenza bastava a cancellare ogni mia preoccupazione.

«Che problemi hai? Meg, stai iniziando a rompere i coglioni con questo tuo atteggiamento! Ora vedi di muoverti, lavati e vestiti immediatamente, altrimenti vedi di sparire... dimenticati pure di avere degli amici.» Quelle sue parole furono davvero dure, di sicuro fecero breccia dentro di me, tanto che non mi accorsi nemmeno dell'arrivo di Roby nella stanza.

Josh sapeva essere scorbutico, un cafone, ma una cosa era certa, lui era l'amore!

Tornando a noi, riuscii a essere pronta nel tempo che mi era stato concesso. Con lui non riuscivo quasi mai ad avere la meglio ed era proprio questo che rendeva speciale il nostro rapporto.

Quando lasciammo la stanza, in direzione del parcheggio, Roby si affrettò a raggiungere Luke, abbandonandomi nelle fauci del "lupo cattivo".

Che problema aveva? Era incazzato con me? Non sopportavo più quel silenzio assordante...

«Perché sei così irritato?» Nel chiederglielo, mi accorsi che il mio tono era passato dall'aggressività a un timore eccessivo. Purtroppo Josh continuava a ignorarmi, senza proferire parola. «Ti ho fatto una domanda ed esigo una risposta!»

Ecco il suo sguardo severo posarsi su di me. «Te l'ho già detto Meg! Mi manda in bestia il tuo comportamento. Credevo che avessimo superato la fase "riservatezza"... Persino io ero riuscito ad aprirmi con te... E tu, invece, al primo problema che hai sparisci. Magari non sarò la prima persona con cui penseresti di sfogarti, ma pensi davvero di avere il diritto di chiuderti in te stessa e di non subirne le conseguenze?»

A quelle parole smisi di camminare. Mi sentivo una merda e per di più avevo le lacrime agli occhi. Aveva ragione e questo lo sapevo benissimo, ma avevo sempre odiato quegli sguardi compassionevoli.

«Scusa...» Una parola e cinque misere lettere. Solo queste erano uscite dalla mia bocca, eppure erano bastate a placare l'ira di quel ragazzo premuroso.

«Vieni qui!» Ed ecco il momento che più desideravo: un suo abbraccio. Non c'era posto più bello nel quale avrei voluto trovarmi.

Se solo fosse durato per sempre...

Raggiunti gli altri ci organizzammo per dirigerci al centro commerciale. Le festività natalizie erano prossime e quel giorno erano in programma l'inaugurazione dell'albero di Natale e l'apertura della pista di pattinaggio sul ghiaccio.

Col pensiero del Natale ormai imminente si aggiungeva l'idea di rivedere i miei vecchi amici... *Chissà che effetto mi farà ritrovarli*, pensavo, e finivo per rispondermi che in realtà speravo di non incontrare proprio nessuno.

«Ragazzi, che ne dite di provare la pista, prima di cenare?» chiese Roby, agitando la mano di Luke per enfatizzare la sua proposta.

«D'accordo! Forza, andiamo, andiamo» esclamò Ally, imitando il gesto di Roby, ma ai danni del povero Josh.

«Vado a prenotare i pattini, datemi i vostri numeri.» Ero pronta a essere una ragazza servile pur di togliermi dall'imbarazzo in cui sentivo di stare ricadendo: non avrei sopportato un minuto in più di vederli così appiccicati gli uni alle altre.

Stranamente Josh continuava a essere silenzioso. Strano, eppure pensavo che prima avessimo risolto ogni malinteso.

I suoi occhi erano concentrati su tante cose, ma non su di me. D'un tratto ci sorprese tutti, dicendo che si sarebbe allontanato per un po'. Ci lasciò così su due piedi, senza aggiungere altro, ma dove stava andando? Merda, era così irritante non riuscire a prevedere in anticipo le sue mosse... Per non parlare di quell'imbecille di un bigliettaio che sembrava snobbarmi magnificamente. Forse voleva prendersi gioco di me a causa della mia bassa statura, *idiota*! Quando finalmente riuscii a farmi notare, riuscimmo a fare ingresso nella pista.

Sul ghiaccio la sensazione di libertà era fantastica, e a parte quel freddo che si avvertiva in caso di caduta, era davvero bello volteggiare senza pensieri. Forse avrei dovuto guardare dove stavo andando, perché mentre mi accingevo a fare una piroetta, andai a sbattere contro una montagna di muscoli.

Ahi!

Era Josh, che si teneva meticolosamente vicino al bordo della pista... Ma non si era allontanato qualche minuto prima?

«Scimmione! Non dirmi che hai paura di venire al centro della pista?» cominciai a cantilenare.

«Impicciati degli affari tuoi! E fai attenzione, per poco non cadevo...»

Notai che era tutto bianco in volto e decisi di non infierire.

«Va' con gli altri e lasciami qui! Devo socializzare con l'ambiente.»

Beh, almeno adesso ti parlava.

«No, non me ne vado» replicai io. «Dammi le mani.» Gliele afferrai e lui finalmente mi guardò negli occhi. «Adesso pattiniamo insieme! Ah, se non ci fossi io ad aiutarti sempre.»

Trascorremmo così, ondeggiando per tutto il perimetro della pista, una buona mezz'ora, fino a quando decidemmo che era il momento di congedarci e ultimare gli ultimi preparativi prima della partenza.

«Allora ragazzi, appuntamento domani a mezzogiorno per i saluti, prima di tornare a casa per le feste» disse Ally non appena giunti al parcheggio del campus.

Per fortuna tutto sembrava essere ritornato come prima. Chissà se quella notte sarei riuscita a fare sogni tranquilli...

* * *

Domenica mattina alle otto e mezza la sveglia decise di rimbombare e di rovinarmi come al solito i timpani; ma stavolta era diverso: la notte era passata tranquilla.

Avevo a disposizione buona parte della mattinata per cercare velocemente qualcosa da regalare ai miei, tornare in dormitorio e caricare le valigie in macchina, prima di salutare gli altri e dirigermi verso casa.

L'aspetto che più adoravo della domenica mattina era la tranquillità. Tutti si sarebbero di sicuro svegliati tardi, magari dopo aver fatto le ore piccole... E infatti, proprio come pensavo, il centro commerciale

127

era praticamente vuoto. Avrei di sicuro evitato lunghe file e avrei terminato il tutto prima del tempo. Mi diressi velocemente al secondo piano, dove avevo già adocchiato un paio di negozi interessanti. Comprai una cravatta per papà, una borsa da lavoro per mamma, un paio di muffole complete di cappellino per Roby e una maglia in pizzo per Ally.

Mancava solo Josh! Cosa avrei potuto comprare per lui? Seduta sulla panchina con le braccia sulle ginocchia, a mo' di sostegno per la mia testa confusa, pensavo e ripensavo. Non riuscivo a giungere a una conclusione, finché qualcosa attirò la mia attenzione. Fatto! Finalmente sarei potuta correre al dormitorio per preparare le mie cose.

«Tre valigie e un borsone... non pensi di esagerare?» Effettivamente, adesso che mi ci faceva pensare, mi assaliva il panico per l'eccessivo carico che avrei dovuto trascinare fino alla macchina.

«Questa è la giusta punizione che mi spetta per essermi tenuta lontano da casa per quattro mesi e più!»

«Non è che cambi università e non me lo dici?» La sua finta preoccupazione mi fece sorridere tanto che decisi di assecondarla per qualche minuto, prima di lanciarle un cuscino addosso. Il nostro tergiversare non fece altro che farci tardare all'appuntamento con gli altri...

Come al solito!

Quando incrociai lo sguardo dei miei amici, unii le mani e chinai leggermente la testa per scusarmi, ma loro erano troppo esaltati per arrabbiarsi. Pensavano ai regali e ai pacchetti che di lì a poco ci saremo scambiati. La prima a farlo fu la mia compagna di stanza, e il momento più divertente fu quando diede il suo a Luke, conquistandosi un bacio. Poi fu il momento di Ally, che aveva pensato a tutti, compreso Josh.

Iniziava a infastidirmi sempre di più questa situazione, ma la colpa era solo mia. L'avevo spinta io tra le sue braccia.

Infine, quando giunse il mio turno, decisi di dare i miei regali solo alle ragazze... non mi andava di essere presa per il culo da tutti, dato che avevo dimenticato Luke.

«Ragazze, io... ho comprato qualcosa solo per voi due, mentre a voi non ho preso nulla...»

Entrambi i ragazzi, dopo essersi scambiati uno sguardo d'intesa, mi abbracciarono e quasi all'unisono mi diedero un bacio sulla guancia, dolce e inaspettato.

«Ecco, ci siamo presi il nostro regalo!» Entrambi scoppiarono a ridere così forte da doversi allontanare, mentre io li inseguivo per tutto il parcheggio come in un film comico.

Capitolo 12

Lacrime sotto l'albero di Natale

Lungo il tragitto in auto, mi facevano compagnia le canzoni sincronizzate sulla mia playlist di *Spotify*. Lentamente le strade cominciavano a farsi familiari, e le case che si susseguivano facevano affiorare nella mia mente il ricordo ancora fresco dell'angoscia che provavo, ogni volta, nel tornare a casa.

Eri pronta a fare il tuo ingresso nella città delle ombre!

Giunta dinanzi al cortile di casa, fui sorpresa nel vedere mia madre sulla soglia della porta, pronta ad accogliermi. Non fraintendetemi, quando ci si metteva di impegno sapeva comportarsi come una vera madre: ma tanto lei quanto mio padre non erano davvero in grado di cogliere il senso e le responsabilità dell'essere genitori, e anche in quell'occasione potevo già intuire che nelle loro menti non si stavano preparando alla visita di una figlia, bensì a quella di una lontana parente.

«Meg, tesoro, sei sempre più bella!»
«Ciao mamma.»

Dai Meg, devi solo respirare lentamente.

«E papà?»

«Ci raggiungerà domani pomeriggio. Dovrai accontentarti della mia sola compagnia.»

Wow, che novità. Mi concede persino un po' del suo tempo! Forse nel mio ultimo periodo di assenza aveva subito qualche trauma cerebrale che l'aveva migliorata, ma avevo i miei dubbi...

Sì, sicuramente era andata in questo modo!

Feci cenno di aver capito, e dopo aver portato le mie valigie al piano di sopra, misi in carica il cellulare, che ormai mi aveva abbandonata. Alla riaccensione mi arrivò subito la notifica di un messaggio.

Hei Bubble, sei arrivata a casa? Roby mi ha detto che i tuoi vivono davvero lontano… Ma come ti è saltato in mente di scegliere un'università così distante da casa? L'ho sempre pensato che tu avessi qualche rotella fuori posto! Detto questo, volevo ricordarti che se dovessi avere nuovamente momenti brutti, hai degli amici su cui puoi sempre contare. Quindi chiamaci!

Josh si era preoccupato per il viaggio! Non credevo ai miei occhi.

Tranquillo, sono sana e salva! Grazie di tutto, sei un vero amico. Notte idiota.

Un vero amico... Ma chi volevo prendere in giro? Ogni volta che mi rivolgeva una piccola attenzione, il mio cuore mancava di un battito. Stavo iniziando a essere gelosa di ogni suo gesto non rivolto a me. Purtroppo, dovevo iniziare ad ammettere di essere attratta fisicamente e mentalmente da quel ragazzo... E questa cosa non andava per niente bene.

Inutile stare qui a pensarci, in quel momento la cosa migliore era cercare di sopravvivere alla cena e come volevasi dimostrare, il pasto non fu particolarmente interessante né tantomeno fastidioso, almeno fino a quando mia madre mi avvisò che aveva organizzato una festa per la Vigilia di Natale.

Una delle *sue* feste sfarzose, che mettevano in "ridicolo" persino le persone facoltose. Mi preparavo a rivivere l'atmosfera formale vissuta durante il Ringraziamento a casa dei miei amici, ma senza il calore e la cortesia dei signori Kent. Vedevo già la domestica, Rosario, indaffarata a preparare la tavola e a curare ogni singolo particolare, mentre io avrei perso tempo gironzolando per la casa passando inosservata tra gli ospiti. Non capivo la smania dei ricchi di organizzare sempre grandi feste, mentre le famiglie borghesi optavano per semplici festeggiamenti in famiglia, estesi magari agli amici, ma certo non agli amici degli amici degli amici...

Quando giunse il giorno successivo, arrivò anche mio padre, il quale fece a malapena in tempo a posare le valigie, prima che mia madre lo trascinasse in giro in cerca di abiti, arredi, addobbi e cianfrusaglie varie – come se non avessimo già abbastanza rimanenze dalle feste degli anni precedenti.

Dovetti riconoscere che quell'anno i miei avevano davvero intenzione di superarsi. Non voglio scendere nei dettagli, ma vi basterà dirvi che ordinarono un albero di Natale talmente grande da farmi immaginare che i miei *eventuali* regali per loro sarebbero spariti lì sotto – e magari sarebbero ricomparsi solo dopo le feste. Ebbene sì: eventuali, dato che avrebbero ampliato solo la loro collezione, senza curarsi del mittente.

Vorrei tanto risparmiarvi il racconto della serata, ma mi è impossibile. Ogni particolare della mia storia è fondamentale per farvi capire la condizione in cui versavo prima di imbattermi in *lui...*

***

«Grazie a tutti per essere venuti e per aver deciso di condividere questo giorno di festa con noi...» disse mio padre accogliendo gli ospiti all'inizio del ricevimento. Era un bravo oratore, oltre a essere un ottimo padrone di casa. «Il Natale è il tempo dell'affetto, della riscoperta dei valori condivisi e della famiglia; per questo vorrei cominciare ricordando alcune persone care che purtroppo non sono più con noi. In realtà questo discorso sarebbe stato ancora più significativo se fosse stata mia figlia a farlo, dato il profondo affetto che Margaret provava, e certamente prova ancora, per le persone che vogliamo ricordare oggi. Penso ancora a quel ragazzino dai capelli sempre in disordine e dagli occhioni verdi: un giovane che occupava gran parte delle giornate di Margaret e col quale mia figlia sognava un futuro pieno di avventure... E non posso dimenticare l'affetto con cui mio padre ha aiutato Margaret a ritrovare la forza per continuare gli studi, dopo il terribile incidente di Marc... Vorrei che tutti voi presenti vi uniste a me e dedicaste a queste due care e buone persone un pensiero d'amore. Cin!»

I genitori di Marc sorridevano tra le lacrime. Ma da dove erano sbucati? Non mi ero accorta che i miei avessero invitato anche loro, né tanto meno che si frequentassero ancora.

Mentre si levavano applausi e brindisi in onore di Marc e del nonno, io mi avvicinai ai miei genitori per ringraziarli pubblicamente di quel pensiero inaspettato. Ma in quel gesto mi sembrò di leggere immediatamente un loro senso di colpa nei miei confronti. Volevano, in qualche modo, chiedermi scusa per gli anni di assenza, per i loro errori nel crescermi? Non mi importava! I miei ringraziamenti erano solo legati a quella farsa; ormai era troppo tardi per tutto...

Per quanto riguarda il resto della serata, vi basti sapere che la festa era stata giudicata in modo positivo dai commensali, i quali sembravano soddisfatti del cibo e dei vini che avevano degustato. A parer mio, era stata fin troppo lunga. Ero sfinita da tutto quel frastuono, per questo motivo, feci qualche saluto formale – incluso quello ai miei genitori – e mi ritirai al piano di sopra, ripromettendomi che l'indomani sarei andata a trovare i miei due angeli, al cimitero.

Il venticinque dicembre la sveglia suonò alle nove e trenta e un dolce profumo proveniente dal piano inferiore mi spinse ad alzarmi e a correre giù come una bambina. Rosario aveva appena sfornato i biscotti allo zenzero che amavo tanto: meno male che c'era lei ad allietare il mio soggiorno.

«No signorina, sono ancora troppo caldi! Inoltre, non ho ancora preparato la glassa per ricoprirli!» mi ammonì con un grande sorriso, offrendomi al loro posto degli ottimi pancake che profumavano di cannella. Quanto amavo quella donna!

Finito di fare colazione, come mi ero ripromessa, presi il cappotto e uscii, avendo come mete principali il fioraio e il cimitero. Decisi di andare a far visita prima al nonno, perché volevo aggiornarlo sui corsi che avevo seguito nel primo semestre. Gli raccontai soprattutto del corso di Letteratura inglese, che aveva riacceso il mio desiderio di visitare l'Inghilterra e il Galles; poi gli spiegai che il corso di Politica internazionale mi aveva appassionato più di quanto potessi immaginare all'inizio, e mi aveva dato finalmente la sensazione di avere un futuro. Prima di salutarlo, gli promisi che sarei andata a trovarlo più spesso e che la mia mente e il mio cuore non lo avrebbero abbandonato mai.

Poco dopo raggiunsi il rettangolo che ospitava il mio amico. Quella piccola foto incollata sulla croce mi mostrava un Marc sempre sorridente, anche se sapevo che si trattava semplicemente di un'immagine.

A lui raccontai delle feste a cui ero stata, delle mie giornate al centro commerciale con i miei nuovi amici; descrissi ciascuno di loro nei tanti pregi e nei tanti difetti, e mi sorpresi a spiegare a Marc che a volte mi capitava di rivederlo in Josh. Naturalmente la sua somiglianza si limitava in quei piccoli gesti amichevoli, in quanto fui costretta ad ammettere che quando Josh faceva cadere la sua maschera, le sensazioni che provavo, avevano un sapore nuovo.

Trascorsi lì gran parte della mattinata, prima di tornare a casa per il pranzo di Natale. Purtroppo il destino mi aveva riservato, anche quella volta, uno spiacevole incontro. Infatti, mentre mi dirigevo verso l'uscita, mi si piantò davanti una strana ragazza scheletrica, la quale mi rivolgeva sguardi carichi di odio e rancore. Di primo impatto non riuscii a riconoscerla, poi capii che si trattava di Lucy, la sorella di Marc. Cosa le era successo? Era sempre stata una bellissima ragazza...

«Ciao Lucy... Come stai? Ieri non ti ho vista alla festa...» dissi cercando come potevo di uscire da quell'imbarazzo.

«Lo hai abbandonato anche tu! Proprio come loro!»

Lucy sillabava parole piene di odio, con uno sguardo gelido che sembrava volermi ferire a morte.

«Ti ho sentita parlare da sola prima! Ho sentito come la tua vita è andata avanti... mentre la sua è finita! Come hai potuto dimenticarlo? Dovevi esserci anche tu in quella macchina!»

Ecco, ci siamo. Finalmente qualcuno aveva avuto il coraggio di dire quello che anch'io pensavo da sempre. La sera dell'incidente di Marc, se non mi fossi sentita male, sarei stata sicuramente lì con lui, in quella fottutissima macchina! Magari sarebbe andata diversamente o saremmo semplicemente morti entrambi... ma almeno non sarebbe stato solo.

«Lo sai che penso ogni giorno a lui...» Non riuscii a dire altro. Volevo cercare di farle capire che doveva dividere quel dolore con me, invece di odiarmi, ma non riuscivo a esprimermi...

La sua espressione era spenta, quasi come non avesse più un'anima e a darmene conferma furono le urla di disperazione che mi rivolse. Sembrava aver perso la ragione. Per fortuna, poco dopo, accorse il guardiano del cimitero, che riuscì senza troppe difficoltà ad allontanarla da me.

Mentre aspettavo che la situazione si calmasse raccolsi le idee, e d'improvviso provai pena per quella dolce ragazza che, purtroppo, si era trasformata in un fantasma. Quel giorno non potei fare a meno di pensare che anche i suoi amici, in quel periodo, l'avessero abbandonata, invece di aiutarla... *Oh, Lucy!*

Quel triste pensiero e l'idea di cosa sarebbe successo se prima Roby e poi gli altri non mi fossero stati accanto, mi accompagnò per tutto il tragitto fino a casa.

Appena rientrata non ci volle molto prima che mia madre mi desse il colpo di grazia. Mi avvisò che avevamo ricevuto un invito a pranzo dai vicini, i signori Thompson. Subito declinai l'invito, spiegandole che non ero dell'umore adatto per fare salotto e la sua risposta fu l'ennesima conferma che il lupo perde il pelo e non il vizio.

«Tesoro, fa come vuoi. Se hai fame, chiedi a Rosario di prepararti qualcosa.»

Troppo affetto!

Andai in camera mia senza nemmeno rispondere e mi gettai sotto quel piumone che per molti anni aveva nascosto le mie lacrime. Avevo solo bisogno di pace, volevo solo allontanarmi da tutto e da tutti.

Sono distesa sul mio letto, con forti dolori allo stomaco, quando d'un tratto squilla il telefono. È Marc! Vuole andare a un'altra stupida festa, ma io non me la sento, non sono in forma. Lo invito ad andare senza di me, tanto avrebbe di sicuro trovato una valida sostituta... ed eccolo che con tanta facilità mi manda a fan culo in modo affettuoso, promettendomi che l'indomani mi avrebbe raccontato le sue nuove conquiste. Che scemo!

Stavo di sicuro sognando. Marc era morto ormai
da tanti anni, come poteva chiamarmi?

Il mio telefono squilla nuovamente, chissà chi sarà questa volta. È Lucy. Cosa vuole anche lei a notte inoltrata? «Meg, è morto in un incidente. Marc non c'è più...» Non posso crederci, eppure il mio amico mi aveva abbandonata per sempre.

Lo sapevo: avevo avuto un altro incubo...

Capitolo 13

Vieni qui scimmione

Scesi al piano inferiore per vedere se i miei genitori fossero tornati dal pranzo, ma constatai che a casa non c'era nessuno... ero sola! Iniziavo a sentire l'inferno che si radicava dall'interno del mio corpo. Un dolore forte al cuore, la gola serrata, tanto da non permettermi più di respirare... avrei voluto solo urlare e chiedere aiuto! Corsi al piano di sopra, afferrai il telefono e senza neanche pensarci composi il *suo* numero: Josh era l'unico che in quel momento poteva "riportarmi in vita".

«Bubble! Come stai?» mi rispose dopo solo due squilli.

Non saprei spiegarvi bene come riuscì a capire che c'era qualcosa che non andasse, dato che non avevo ancora parlato, ma ci riuscì.

Di sicuro immaginava già la mia risposta: «Male.»

«Che cosa è successo?»

Percepii la sua preoccupazione, e mi pentii subito di quel gesto istintivo, anche perché dal rumore di fondo, mi resi conto che stava festeggiando il Natale con molte persone. Non avrei mai voluto rovinargli l'umore...

«Non... Non a-avrei dovuto, ma sto... male...Va tutto male in questo posto...»

Scandivo a fatica le parole, i singhiozzi erano talmente forti che a malapena balbettavo qualcosa di comprensibile.

«Dove sei, Meg?»

«A casa... nel letto...»

«Allora rimani lì e cerca di riposare. Qualunque cosa sia successa, nelle tue condizioni attuali non riusciresti comunque a raccontarmela. Io adesso non ti sento molto bene, c'è troppo chiasso qui. Ti richiamo appena posso, hai capito?»

Gettai con forza il telefono sul letto, appena chiusa la chiamata. In quel momento ero talmente nervosa che me la presi anche con lui, credendo che fosse fin troppo "impegnato", proprio come i miei genitori, per potermi dedicare un po' del suo tempo. Nessuno aveva voglia di ascoltarmi! Nessuno... Ma feci come mi aveva detto. Mi riaddormentai a fatica, se non altro questa volta sprofondai in un sonno senza sogni che mi condusse fino a sera. Nel mezzo del sonno potei sentire i miei genitori che rincasavano. Molto probabilmente durante la giornata avevano scoperto il vero motivo del mio malessere. Ero sicura che i genitori di Lucy li avessero chiamati per scusarsi e per sapere come mi sentivo.

In ogni caso, avendo dormito per buona parte del giorno e avendo saltato la cena, durante la notte rimasi a lungo sveglia; continuavo a pensare che in tutte quelle ore Josh non mi aveva più richiamata.

Stavo su un'altalena di pensieri cattivi e di pentimenti istantanei. Era un periodo di festa, e di sicuro Josh era andato da qualche parte insieme alla sua famiglia "perfetta" – certamente aveva di meglio da fare che starmi dietro... Del resto quanto potevo essere orribile da essere così gelosa della felicità altrui?

La notte trascorse nel peggiore dei modi, fino a quando, con sollievo, intravidi i primi raggi del sole irrompere nella mia stanza. Sentii i passi di Rosario sulle scale: dovevano essere le sei, minuto più, minuto meno. Ogni giorno, a quell'ora, lei era solita preparare la colazione. Era davvero una brava persona ma soprattutto paziente... Avrebbe potuto lamentarsi con i miei genitori del fatto che la dépendance che le avevano assegnato aveva il riscaldamento rotto, cosa che la costringeva a dormire nella stanza di fianco alla mia: quegli incoscienti non avevano ancora provveduto a farlo riparare.

In ogni caso io mi riaddormentai, ma il mio sonno fu rotto dal campanello, un'ora più tardi. Chi mai poteva essere a suonare alla porta con tale insistenza? Mia madre si diresse ad aprire; potei sentire voci fievoli, discrete, ma a me ben note.

«Buongiorno signora, mi chiamo Josh Kent e sono un amico di Margaret. Chiedo scusa se mi presento così su due piedi, ma sua figlia ieri pomeriggio mi ha telefonato e mi ha detto che non si sentiva bene; perciò stamattina, appena mi è stato possibile, ho prenotato un volo.»

Non ci potevo credere, Josh aveva abbandonato la sua famiglia e i festeggiamenti per raggiungermi, qui nel Missouri!

Dalla voce capii che la mamma non stava facendo una piega. «Non si preoccupi, la chiamo subito... Non so però in quali condizioni sia in questo momento. Effettivamente tra ieri e oggi non è stata molto bene. La prego, entri, ci aspetti qui.»

Ma non poteva farsi gli affari suoi?, pensai in quel momento.

«Meggy, tesoro...» Non fece in tempo a chiamarmi che ero già in cima alla scala, intenta a fissarli.

L'immagine di Josh si confuse per un millesimo di secondo con quella di Marc, e io non potei fare altro che sforzarmi di sorridere e scendere, in un modo abbastanza goffo.

«Signora, le dispiace se io e sua figlia parliamo un po'?»

«No, anzi se volete stare da soli potete andare nella sua camera.»

Josh la ringraziò poi salimmo al piano di sopra e ci sedemmo ai piedi del mio letto.

«Hai una bruttissima faccia, Bubble! Scusa la franchezza, ma sei un mostro.»

In un'altra occasione e con più forze a disposizione gli avrei sicuramente tirato un pugno in faccia, ma in quel momento avevo bisogno solo delle sue parole e di un suo abbraccio.

Che fortuna, era riuscito a salvare il suo bel faccino dalla tua ira funesta!

Gli saltai letteralmente addosso, quasi fossi un koala aggrappato a una pianta di eucalipto. Un paio di giorni lontana da lui e già sentivo la sua mancanza, *merda*!

«Ehi, quanto affetto! Non sono abituato a una Meg di questo genere.» Poi si fece serio, mentre si avvicinava inebriandomi con il suo buon profumo. «Adesso vuoi dirmi cosa ti è successo?» Era così apprensivo nel chiedermelo, che io non potei fare altro se non raccontargli tutto. Ancora non sapevo se mi avrebbe ascoltata senza giudicarmi, ma dovevo comunque provarci.

«Vedi Josh... come già sai, sono figlia unica, eppure dal primo giorno delle elementari fino alla fine del terzo anno delle superiori ho avuto quello che più si avvicinava a un fratello... Io praticamente vivevo a casa sua e venivamo qui dai miei il meno possibile... A scuola eravamo popolari, ci invitavano sempre a tutte le feste ed è proprio a una di queste che finì tutto... Dovevamo andarci insieme, cazzo...»

Ricominciai a piangere come una stupida.

«Se solo quella sera fosse venuto a prendermi a casa, come faceva sempre... Non mi avrebbe chiamata, non si sarebbe distratto ma soprattutto non sarebbe morto... Ieri mattina sono andata a trovarlo al cimitero e ti sembrerà strano, ma gli ho raccontato della nostra comitiva, dei corsi... di te. Poi è arrivata sua sorella. Aveva sentito tutto e ha cercato di aggredirmi! Mi ha accusato di averlo dimenticato e di averlo tradito con voi.»

Josh poggiò il mento sulla mia spalla, poi mi strinse fino a togliermi il respiro. «Non devi dare peso a quello che ti ha detto. Piuttosto cerca di capire il malessere che anche lei si porta dentro... Probabilmente avete affrontato il dolore in modo differente. Marc è parte anche di lei...»

«Aspetta, non ho finito...» ripresi io, cercando di spiegargli la seconda perdita che avevo dovuto affrontare.

Josh iniziò ad allentare la stretta e a parlarmi con il cuore in mano. Mi spiegò che il dolore che provavo per la loro scomparsa sarebbe rimasto per sempre e che purtroppo nessuno me li avrebbe mai restituiti. Da questo dolore, però, io dovevo solo trarne insegnamento. Dovevo imparare il valore dell'amicizia e della famiglia e imparare a parlarne con qualcuno, invece di tenermi tutto dentro e di lasciarmi divorare l'anima.

«Credimi quando ti dico che ti capisco... Dai, ora smetti di piangere! Tieni, forse questo ti farà sorridere.»

A queste parole Josh tirò fuori dalla tasca interna del cappotto un pacchetto. Era un regalo per me!

«E questo?»

Era una scatola bianca avvolta da un nastrino rosa e al suo interno c'era uno charm blu-grigio, a forma di cuore.

«Puoi usarlo con un bracciale o come ciondolo di una collana.» Non potevo credere ai miei occhi... «Tranquilla! Questo cuore non ha un significato romantico, ma al contrario serve per ricordarti che un cuore di ghiaccio nasconde sempre dentro di sé una scintilla che affascina l'anima di chi gli sta vicino.»

Carica di euforia, scesi dal letto con l'intento di prendere i regali che avrei voluto dargli già la domenica precedente.

«Questi sono tuoi!» gli dissi senza neanche guardarlo in faccia. «Volevo darteli prima, ma non mi sembrava il caso.»

Quando si accorse del mio imbarazzo, si affrettò a prenderli con un sorriso ammiccante. Avevo deciso di regalargli dei guanti di pelle che si abbinavano al suo giubbino preferito e un portachiavi in argento, con uno charm a forma di pattini incrociati, in ricordo della pattinata sul ghiaccio.

«Grazie Bubble, sei una piccola stronzetta» mi disse, stringendomi di nuovo così forte che perdemmo l'equilibrio fino a cadere sul letto.

Rimanemmo a lungo in quella posizione, abbracciati e senza dire neanche una parola. In altre circostanze, avrei dovuto fare un tiro alla fune con il mio cuore intento a scappare dal petto, ma mi ero accorta dal suo sguardo che era stanco. *Tutti quei chilometri solo per starmi vicino...* Approfittai di quella posizione per rilassarmi e mano nella mano crollammo insieme in un lungo sonno; o meglio finché il profumo, della famosa pasta al formaggio di Rosario, non raggiunse la mia stanza.

Ci alzammo e ci dirigemmo al tavolo da pranzo, dove ci aspettavano i miei genitori, desiderosi di conoscere il loro ospite inatteso, ma non preoccupatevi, non gli avrebbero mai fatto il terzo grado, non sono quel tipo di genitori...

«Chiedo ancora scusa per l'irruzione di questa mattina.»

«Tranquillo, figliolo. Vedo che la mia bambina si sente molto meglio oggi.»

Sapevo che in fondo al suo cuore, mio padre si sentiva sollevato nel sapermi amata dai miei amici. In fondo era l'unico dei due a guardarmi con uno sguardo compassionevole... Comunque continuavo a non abituarmi alle loro attenzioni, quindi quella frase lasciava il tempo che trovava.

Il pranzo sembrava procedere bene. Il primo piatto fu seguito da alcune frittelle speziate, una ricetta tipica del paese di Rosario. Poi fu la volta del dessert e dei biscotti allo zenzero che avevo già adocchiato il giorno prima.

A un tratto però il mio amico esordì con una richiesta un po' particolare. *Ovviamente fatta senza consultarmi prima!*

«Signori Ryan, volevo chiedere il permesso di portare con me vostra figlia. Io, mia sorella e altri due amici abbiamo intenzione di celebrare tutti insieme l'arrivo del nuovo anno, e vorremmo tanto che ci fosse anche lei.»

I miei genitori, dopo qualche minuto di silenzio e dopo essersi scambiati sguardi d'intesa, acconsentirono.

Potevano almeno far finta di pensarci un po' su!

Che avessero già in programma altri piani? Volevano semplicemente rendermi felice, o questa era l'opportunità per loro di poter tornare ai piani originali? Probabilmente non lo avrei mai saputo.

Avevamo stabilito di partire verso le sette del mattino seguente, ma prima di farlo, Josh mi chiese di visitare i posti dove ero cresciuta: gli mostrai il mio vecchio liceo, il parco e la biblioteca, e devo riconoscere che sembrava molto interessato a ogni particolare, compresa la gelateria dove mi rifugiavo in seguito alla morte di Marc.

La partenza fu puntuale e il viaggio piacevole; questa volta Josh ebbe modo di avvisare i suoi genitori del nostro arrivo, e i signori Kent ne furono entusiasti. Dissero a Josh che avrebbero fatto subito preparare da Mrs. Shell la stanza che mi aveva già ospitata durante il Ringraziamento.
Arrivammo a destinazione nel primo pomeriggio, per fortuna non avevamo trovato imprevisti lungo il tragitto. Ci fermammo alla stazione dei treni per recuperare anche Ally, prima di raggiungere quella casa che per me era già così familiare.

Quel lungo viale ormai tutto innevato, quel piccolo gazebo riposto sulla destra, adornato da lucine bianche e il calore emanato da quella villetta a tre piani, sembravano volessero urlarmi *casa*.

Ad aspettarci sotto il portico c'era Roby, che appena mi vide si avvinghiò al mio collo, rischiando di scivolare.

«Roby! Mi sei mancata tanto.»

«Anche tu, Meg!» Col suo abbraccio Roby testimoniò per l'ennesima volta tutto l'affetto che provava per me.

Anche l'interno della casa era stato addobbato tenendo conto di ogni piccolo particolare. Il grande albero di Natale posto al centro del salone era arricchito con sfere di vetro soffiato e con una grande quantità di luci; tutto dava il vero senso della parola "famiglia", compreso il profumo di cannella che arrivava dalla cucina.

«Cara, com'è andato il viaggio? Spero che tu sia affamata, perché la nostra cuoca ha scelto per te il meglio del suo repertorio.» Mrs. Kent era ancora più bella di quanto ricordassi, e il suo sorriso era così dolce che mi aveva già scaldato il cuore.

«Ho davvero una gran fame, stamattina non sono riuscita neanche a fare colazione perché qualcuno si è svegliato tardi» risposi guadagnandomi un gestaccio da Josh.

«Mio figlio dovrà scusarsi per tante cose...»

Mrs. Kent assunse un'aria contrariata che mi spiazzò. In breve capii che Josh era partito senza avvisarli, suscitando l'irritazione e la preoccupazione dei genitori. Mi dispiaceva che si fossero arrabbiati con lui per colpa mia, ma di certo non mi dispiaceva aver ricevuto quella sorpresa.

Capitolo 14

Si prospetta un anno interessante

Mancavano pochi minuti prima che lasciassimo casa, per dirigerci alla festa tanto attesa. Per l'evento avevo scelto un vestito nero paillettato, non troppo corto e senza spalline, coperto da un cappotto beige chiaro.

Ero euforica! Stavo per scrivere un nuovo capitolo della mia vita, insieme ai miei amici.

Arrivati all'ingresso del locale, Luke si avvicinò a uno della security, il quale gli indicò una tenda, non molto lontana da dove ci trovavamo, che nascondeva il privé. La nostra postazione sarebbe stata quella.

Il locale era davvero stupendo; rimasi affascinata dalle sue grandi terrazze contornate da piccole luci. L'atmosfera che si poteva respirare era un misto tra il romantico e il lussuoso e l'interno era ancora più bello: la nostra sala era arredata con piccole poltroncine bicolore e il pavimento era interamente rivestito da mattonelle marmoree.

A farci compagnia, in attesa del countdown, c'erano tantissime canzoni, una più bella dell'altra, per questo mi voltai più volte alla ricerca del dj. Con mia grande sorpresa trovai un bellissimo ragazzo biondo giocare con la consolle: sexy, alto, muscoloso e... non interessato alle ragazze. *Che palle!*

Decisi ugualmente di avvicinarmi, avevo deciso di abbandonare la vecchia me e di essere un po' più espansiva.

«Ehi! Complimenti, ottima playlist!» gridai al dj, sperando che potesse capire quello che gli stavo dicendo.

«Grazie, cara! Hai qualche richiesta in particolare? Omaggio della casa» mi rispose, e nel pronunciare l'ultima frase mi fece l'occhiolino, mentre dava un'occhiata alle mie spalle per approvare la mia scelta.

Nel voltarmi, infatti, notai gli occhi di Josh fissi su di me, seguiva ogni mio passo senza lasciarmi mai. *Che dolce...* D'un tratto mi venne un'idea. Mi avvicinai nuovamente al dj e bisbigliai al suo orecchio la mia richiesta; lui annuì sorridendo e poco dopo partirono le prime note di "Closer" dei Chainsmokers.

A quel punto tornai verso Josh, lo afferrai per il cravattino e iniziammo a ballare; in quel preciso istante io e il mio nuovo amico ci scambiammo uno sguardo compiaciuto apprezzando la bellezza di Josh, mentre *lui* continuava a non staccare gli occhi dal mio viso.

«Bubble, la smetti di fare apprezzamenti su di me con il biondino?» Non potei fare altro che ridere, era troppo bello vedere quella ruga che compariva sulla sua fronte quando era perplesso.

Terminata la canzone, ci incamminammo fuori nel terrazzo e fu proprio in quel momento che mi stupì con uno dei suoi magnifici discorsi.

«Bubble, per il nuovo anno voglio farti una promessa...» esordì, e iniziò a ridere, posizionandomi di fronte a lui come se fossi un manichino, in modo da poterlo guardare negli occhi. «Ti prometto che il nuovo anno sarà diverso da tutti gli altri, diciamo... speciale. Niente più tristezza, niente solitudine, niente pianti, ma soprattutto niente passato. Solo noi! Solo futuro! Quando sarò io a sentirmi un estraneo in questa realtà, tranquilla, mi basterà solo prenderti per il culo! Invece, quando sarai tu ad averne bisogno, io sarò sempre lì a ricordarti ogni giorno che hai degli amici su cui poter contare, ma soprattutto hai me! Ovvero un ragazzo speciale, anzi magnifico...»

Concluse quell'auto-elogio battendosi i pugni sul petto. Ecco fare ingresso lo scimmione che era in lui.

Certo, ero lusingata dalle sue parole. Si prospettava un anno interessante, ma in quel momento preferii prenderlo per mano e trascinarlo dagli altri: pensai che sarebbe stato quello il modo giusto per dirgli che non volevo più affondare nella solitudine. Inoltre, mancava poco al countdown! Ora volevo solo confondermi con la folla, gustare l'euforia e le promesse di cambiamento che portava l'arrivo di un anno nuovo: *dieci... nove... otto...* ecco la folla iniziare il conto alla rovescia; *sette... sei... cinque...* l'eccitazione si univa a quel misto di tristezza per l'anno che ci salutava; *quattro... tre... due...* la mano di Josh accarezzava la mia, infondendomi sicurezza; *uno...* si prospettava un anno interessante!

Il giorno seguente, avevamo tutti un pessimo aspetto, si poteva dire che i postumi della sbornia si sentissero tutti. Non avevo bevuto tantissimo, tuttavia non trovai la forza di mettere i piedi per terra fino alle tre di pomeriggio.

Quando mi vide arrivare, tata Shell mi porse la macedonia di frutta che aveva già preparato, e mi fece un caffè doppio; la stessa cosa dovette fare con Ally, che camminava tenendosi il viso con le mani, e con Roby – rattristata perché Luke era già tornato a casa – che si trascinava aggrappandosi al braccio di Josh. *Lui* sì che era sempre perfetto! Come cavolo faceva a reggere l'alcol così bene?

«Ragazzi!» Alzai la mano a mo' di saluto, guadagnandomi il loro sorriso.

«Questi due fantasmi hanno fame» disse Josh a tata Shell. A guardare quella scena, iniziai a pensare che se avessimo sprecato tutti i giorni del nuovo anno in quel modo, andando a una festa dopo l'altra e bevendo come spugne, quasi avrei rimpianto l'anno che ci aveva lasciato! Peccato che a causa dello scimmione, questo pensiero mi abbandonò velocemente.

«Meg, tu lo sai che da domani abbiamo solo cinque giorni per preparare l'esame di Politica internazionale?»

Solo l'idea di dover ricominciare a studiare mi metteva in subbuglio lo stomaco... *Che palle! Tu possa essere maledetto professor Dylan*!

Il giorno dopo, la colazione fu velocissima, tutta colpa di Josh e la sua ansia di terminare il progetto nei tempi prestabiliti... per fortuna riuscii a ottenere un doppio caffè, prima di buttarci a capofitto nello studio. Ricordo ancora che alla sola vista dei numerosi libri riposti sulla scrivania, mi venne una fortissima emicrania da compromettere il mio rendimento.

«Allora Bubble, ascoltami bene» esordì. «Dobbiamo riprendere la nostra tesina e simulare che le due parti in causa abbiano deciso di portare delle nuove argomentazioni. Hai capito?»

Diversamente dal solito – forse perché era mattina e non aveva voglia di indossare le lenti a contatto – Josh indossava gli occhiali e vi posso assicurare che il suo aspetto continuava a essere lontano un miglio da quello di un nerd. *Magnifico*!

La cosa che mi sorprendeva era proprio lo spreco di tutta quell'intelligenza. Era davvero preparato, soprattutto nelle materie che gli piacevano; ma allora perché sembrava sempre che tutti pretendessero il massimo da lui?

«Devo rispiegarti tutto da capo?» mi chiese, distogliendomi bruscamente dai miei pensieri.

«Non c'è bisogno di urlare! E poi... è difficile» risposi.

«Vuoi impegnarti o vuoi che faccia io tutto il lavoro? Cazzo Meg, concentrati!»

Dopo qualche gestaccio e vari scambi di frecciate decidemmo che lui avrebbe fatto la cosa più difficile – ricercare le fonti e buttare giù le argomentazioni – mentre io avrei messo il testo nella forma giusta.

Mi costrinse a rimanere seduta a quella scrivania fino alle sette di sera, e lo stesso nei giorni che seguirono: mi sembrò di essere in carcere invece che un ospite. Nel frattempo le mie amiche trascorrevano i giorni facendo shopping e numerosi aperitivi, mentre a me toccava studiare e sorbirmi il caratteraccio di Josh.

Nonostante tutto l'Epifania arrivò presto, e se non altro in quell'ultimo giorno la tesina era praticamente pronta. Quella mattina, ad aspettarmi al bancone della cucina, c'erano solo i due fratelli, poiché Ally era tornata a Chicago il pomeriggio prima.

Tata Shell ormai conosceva i miei gusti e mi aveva preparato il mio solito cappuccino, che peccato averla dovuta salutare così presto...

«Ora va' a raccogliere le tue cose, o l'esame dovrò fartelo davvero io.»

L'unica nota positiva del mio rientro in dormitorio sarebbe stato liberarmi da quella schiavitù!

* * *

Non feci in tempo ad arrivare in dormitorio che già ero crollata sul letto, sprofondando in un sonno profondo. Il viaggio e il trasporto delle valigie fin dentro la stanza avevano esaurito tutte le mie forze; e poi c'era la prospettiva dell'esame. Ero sicura che la tesina sarebbe stata apprezzata da Dylan, ma doverla presentare mi metteva un po' in agitazione, dato che mi ero semplicemente limitata a trascrivere ciò che l'"esperto" di politica mi dettava. Quindi, addio improvvisazione!

La mattina dell'esame il professore entrò con il suo solito sguardo fiero invitandoci al silenzio, mentre si accingeva a sistemare i suoi appunti sulla scrivania e ad accendere il microfono.

«Buongiorno ragazzi! Come ben sapete le vacanze natalizie hanno rappresentato per voi non solo un'opportunità di tenere il passo con il mio programma, ma anche la tappa finale di un duro lavoro che porterà quattro di voi a fare un bel viaggetto a New York.» Quelle parole suscitarono grande stupore, che crebbe non appena il professore si affrettò a dare spiegazioni: «Sì, avete capito bene, New York! In seguito alla valutazione che conseguirete al termine dell'esame di oggi, selezionerò due coppie che avranno l'onore di rappresentare la nostra università alla prossima simulazione di un'assemblea delle Nazioni Unite.»

In quel momento le parole del professor Dylan non mi colpirono più di tanto; pensavo che il mio esame sarebbe stato più che sufficiente, ma di certo non mi aspettavo di eccellere...

I gruppi che avrebbero dovuto argomentare erano circa venti. Io e lo scimmione saremmo stati i sesti.

Arrivato il nostro turno, scendemmo le scale e guadagnammo la platea. Avevo il cuore che batteva all'impazzata, eppure sapevo di dover mantenere la calma.

Meg, è solo un esame!

Sapevo che la mia ansia era tale da essere percepita anche dal mio compagno eppure lui con i suoi sguardi sapeva come infondermi la sicurezza di cui avevo bisogno in quel momento.

«Prego, quando volete, potete iniziare.»

Con quella frase del professore ebbe inizio il dibattimento.

Josh vestiva i panni dell'"avvocato" che avrebbe dovuto risolvere una complessa contesa diplomatica. Nel pronunciare le sue tesi, fu assolutamente impeccabile e convincente.

«Miss Ryan, proceda con le sue argomentazioni» continuò il professore.

Dover esporre davanti a un'intera aula con le persone che mi fissavano, di certo non mi rassicurava. Non mi sentivo per niente pronta.

Nel momento esatto in cui il mio cervello cercava di riordinare le idee, sentii che la mano di Josh mi sfiorava la schiena. Grazie a quel gesto le parole iniziarono ad affiorare sulle mie labbra con una sicurezza che non pensavo di possedere. Fu persino divertente: sarei potuta andare avanti quasi all'infinito. Dopo circa mezz'ora il professore interruppe il "dibattimento", per poter procedere a esaminare le restanti coppie.

«Sei stata magnifica» disse Josh quando tornammo al nostro posto. «Adesso andiamo in mensa, gli altri ci aspettano da un pezzo.»

«Ragazzi, siamo qui!»
Vedemmo Roby che con il suo sorriso era capace di illuminare tutta la stanza. «Allora com'è andata la simulazione?»
«Non lo sappiamo, ma Bubble è stata abbastanza brava. Avevo paura che si dimenticasse ogni cosa e invece la preparazione dei giorni precedenti ha dato i suoi frutti.»
Chissà quale sarebbe stato il voto finale…

Capitolo 15

Welcome to New York

Dopo aver pranzato ritornammo in aula dove finalmente avremmo appreso su quale coppia sarebbe ricaduta la scelta del professor Dylan. I nostri sguardi, così come quelli di tutti gli altri, erano carichi di aspettativa, sarebbe stata una grande occasione... Finché una voce ruppe il silenzio...

«Allora ragazzi: come mi aspettavo, alcuni di voi hanno preferito fare baldoria durante le feste, mentre altri si sono ben preparati. Sarò breve e conciso, perciò ascoltate bene: a rappresentarci in quel di New York saranno Josh Kent e Margaret Ryan, Linda Locke e Carl Taylor. La partenza è prevista per domenica alle sette. La simulazione durerà tre giorni, dopodiché potrete ritornare da vincitori.»

Appena se ne fu andato uscimmo e ci ritrovammo a saltellare come dei coglioni, fino a quando mi resi conto di non essere per nulla pronta a gestire quel viaggio.

Il mio subconscio pensava di avere a disposizione tanti giorni prima della partenza ma si sbagliava. Nei giorni successivi, Roby continuò a ripetermi che secondo lei quel viaggio sarebbe stato la mia grande occasione per capire ciò che realmente provavo per suo fratello. Continuavo a ripeterle che per me, Josh, era solo un emerito idiota ma, allo stesso tempo, un buon amico.

Cazzate!

* * *

Devo ammettere che il viaggio fu molto rilassante. Era da tanto che non volavo in prima classe. A pensarci bene, l'ultima volta che avevo viaggiato in una classe di lusso era stata circa una decina di anni prima, quando mio padre decise di portare me e mia madre con sé a New York, durante uno dei suoi soliti viaggi di lavoro. Durante quel viaggio mi sentii la bambina più fortunata del mondo, non solo perché stavo per visitare la "Grande Mela" ma anche perché avevo con me i miei genitori.

Tutto ciò mi rese pensierosa e Josh se ne accorse. Avrei voluto raccontargli ogni mio singolo pensiero, però scelsi la strada del silenzio. Per fargli capire che avevo bisogno di lui gli afferrai semplicemente la mano e la strinsi forte sorridendogli. Lui fece lo stesso con me.

Ad aspettarci all'aeroporto c'era l'airport shuttle inviatoci dall'hotel, con al volante un grosso omone in divisa, dai folti capelli grigi e un berretto viola. Era così strano che Josh non fece altro che prenderlo per il culo per tutto il tragitto. Appena messo piede nell'albergo rimanemmo stupiti dallo sfarzo che ci circondava, immediatamente notammo grandi lampadari in oro e cristallo e una splendida moquette blu zaffiro. Il bancone della reception era in rovere, delimitato da colonne i cui capitelli richiamavano lo stile dell'ingresso principale.

Mr. Filz, il nostro accompagnatore, si presentò alla reception e in breve ci furono assegnate le stanze.

Posati i bagagli nelle nostre rispettive stanze, ci demmo appuntamento alla reception per cenare tutti insieme. Avevamo così poco tempo a disposizione che in men che non si dica arrivò l'ora di cena.

La sala da pranzo era situata alla sinistra della reception. Varcata la porta, ci ritrovammo in un grande salone rettangolare, con mattonelle quadrate color Champagne. In fondo alla sala c'era un palco dove probabilmente si esibivano gli artisti invitati dall'hotel e al suo lato un bellissimo pianoforte a coda di vernice nera lucida. I tavoli e le sedie erano ricoperti da stoffe blu damascate in oro e i centrotavola e le posate si abbinavano con tutto il resto.

La cena, accompagnata da un buon vino, gratificò le nostre aspettative, e soprattutto portò il dottor Filz in uno stato di ebbrezza che lo mise subito fuorigioco. Approfittammo della situazione per sgattaiolare fuori dall'hotel e recarci al "Rockefeller Center". Di fronte all'enorme pista di pattinaggio, Linda non seppe resistere alla voglia di noleggiare dei pattini. Una volta in pista ci accorgemmo che il suo era stato solo un pretesto per avvinghiarsi a Carl.

Osservando quella scena ebbi una strana sensazione, quasi l'impressione che la storia tra quei due potesse creare dei problemi durante il viaggio.

«Suvvia! Non essere invidiosa Bubble, dopotutto tu hai me!» La sua risata era contagiosa e piena di vita e il calore delle sue mani era percepibile nonostante i guanti. Quando Josh mi ricordò che era negato con i pattini, decisi di muovermi da sola, cominciando con un giro di riscaldamento, che presto si trasformò nel ricordo di quel piccolo lago ghiacciato, isolato dal trambusto metropolitano, che io e Marc scoprimmo durante il nostro ultimo Natale insieme...

Quel flashback mi fece perdere la concentrazione e caddi per terra come una stupida. *Che cazzo!*

«Ahi, che male!»

«Sei così ridicola! Su, dammi la mano che ti aiuto ad alzarti...», disse quell'imbecille continuando a ridere. Mi tirò su senza darmi il tempo di ribattere, e io invece di staccarmi subito da lui preferii rimanergli abbracciata. In quel momento mi sentivo veramente una persona ridicola. Le lacrime iniziarono a rigarmi il viso. Il costante ricordo del passato, unito alla sua allegria, al suo modo di scherzare e ai suoi abbracci mi facevano sentire così vulnerabile.

«Bubble, smettila di piangere, non è successo nulla. Forza, vediamo di pattinare insieme.»

Così dicendo, Josh mi prese per mano e fu come se il tempo si fosse fermato. L'unione delle nostre mani abbatté le ombre del mio passato e per qualche minuto rimasi senza sentire nient'altro, nient'altro che noi.

Ci sentimmo chiamare, era il momento di tornare.

Arrivati dinanzi alle nostre stanze, prima di separarci ci fu un lampo di imbarazzo. Notai Carl sussurrare alcune parole all'orecchio di Josh, provocandogli un'espressione di incertezza e per un attimo giurai che i nostri sguardi si fossero incrociati.

«Va bene» rispose Josh a quella che doveva essere una richiesta dell'amico.

«Grazie fratello, ti devo un favore!»

Senza dire una parola, Josh mi condusse dentro quella che avevo creduto essere la stanza assegnata ai ragazzi.

«Sei impazzito?» esclamai. «Che cosa dovrei fare qui? E se ci scoprisse Filz? Ah! Mi sentiranno quei due! Decidere senza neanche chiedermi il permesso...»

Mi incamminai furiosa verso la porta, ma subito sentii le braccia di Josh stringersi intorno ai miei fianchi. Lo sapevo! Era proprio questo che volevo evitare! Il cuore iniziò a battermi forte e la testa cominciò a girarmi.

«Stai calma, Bubble. Lo so che non sei d'accordo con questa decisione, ma devi sopportarmi solo per pochi giorni...» Non appena finito di sussurrarmi queste parole, posò un delicato bacio sulla mia testa.

«Ok, ma lascia almeno che vada a farmi una doccia.» Non era possibile provare tutto quel mix di emozioni per un'unica persona.

Toc toc. Dov'era andata a finire la privacy che gli avevo chiesto rifugiandomi in bagno?

«Meg, ti ho portato la tua valigia. Esco un attimo, torno tra dieci minuti. Cerca di liberare il bagno prima del mio rientro, altrimenti ti raggiungo sotto la doccia.»
Appena sentii chiudere la porta, mi affrettai a terminare. Dovevo vestirmi prima del suo ritorno. *Chissà dov'era andato?*
Ve lo spiego subito. Pochi minuti più tardi, si presentò in camera con in mano un "Happy Meal". Quel bastardo voleva comprare il mio perdono. C'era riuscito. Avevo sempre uno spazio libero per il *junk food*!
«Che ne dici se andiamo a dormire?» mi disse. Non aveva tutti i torti. Ormai era tardi e sicuramente il giorno seguente ci saremmo dovuti svegliare molto presto. Così, dopo aver deciso il lato che avrei occupato, mi distesi e gli voltai le spalle. Non ci volle molto tempo perché mi abbandonassi tra le braccia di Morfeo.

Il giorno dopo Filz ci svegliò alle sei e mezzo di mattina. Per fortuna a rispondere fu Josh. Se il professore si fosse accorto del cambio di stanza, si sarebbe di sicuro messo a urlare!

Dopo un'ora eravamo tutti pronti e carichi di buoni propositi.

Le simulazioni sarebbero avvenute per i primi due giorni nella sala conferenze dell'hotel, mentre nel terzo e ultimo giorno avremmo completato il nostro lavoro visitando la sede delle Nazioni Unite.

La prospettiva era affascinante, ma io in quel momento avevo in testa altro. Se avessi avuto dei genitori più umani li avrei chiamati per vantarmi dei risultati raggiunti durante il mio percorso di studi ma in realtà a loro poco sarebbe importato.

Capitolo 16

Ho davanti a me un dio

La sala riunioni dell'hotel era grande quanto la sala da pranzo. Il colore delle pareti era di un grigio quasi ghiaccio, che si intonava bene con la moquette color canna di fucile. Le postazioni dei relatori e dei professori erano circa dieci, mentre ai lati della sala erano state preparate delle postazioni di lavoro per i singoli gruppi; oltre alla nostra università, infatti, erano presenti i rappresentanti di altri quattro atenei.

Prima di prendere posto, il dottor Filz ci informò che lo stato che avremmo dovuto rappresentare era il Regno Unito. Coincidenza o destino? Chi avrebbe potuto dirlo, fatto sta che avevamo a disposizione pochissimo tempo per imparare la storia, il diritto e i costumi di quello stato.

La prima a mettersi in gioco fui io, occupandomi del discorso introduttivo sulla cultura e sullo spirito britannico, di cui modestamente potevo considerarmi un'esperta. Argomentai su alcune questioni relative il sistema governativo, sperando di non dover andare oltre. Poi fu la volta di Linda e Carl, i quali si concentrarono su tematiche di geopolitica e finanza.

Infine, arrivò il turno di Josh al quale spettò la parte tecnica, ossia adeguare il caso specifico alle consuetudini che vigevano nello stato che dovevamo rappresentare, applicando il principio dello *stare decisis*.

Alla fine della sessione, nel tardo pomeriggio, Filz ci congedò e ci diede appuntamento per la cena.

Appena possibile salimmo in camera e io, immediatamente, mi precipitai sotto la doccia abbandonandomi a quella sensazione di piacere provocata dall'acqua calda che sfiorava il mio corpo stanco e dal sapone che rilassava i miei muscoli non appena venivano massaggiati...

Forse mi abbandonai un po' troppo a quella sensazione di profondo benessere, tanto da perdere i sensi. Subito dopo mi sentii sollevare da terra e mi resi lentamente conto che qualcuno mi stava coprendo con un asciugamano e adagiando sul letto.

«Meg, ti senti bene? Avanti piccola, parlami...»

«Tranquillo, devo aver perso conoscenza...»

Oh Dio, mi faceva male tutto. Forse era tutta colpa del vapore, o forse dell'ansia e dello stress che stavo provando in quei giorni. Avevo bisogno di riposo, anche se durante le vacanze di Natale avevo poltrito abbastanza.

«Vuoi che chiami il professore? Sei così pallida...»

Il professore? Era forse impazzito? Se Filz mi avesse trovata nella camera dei ragazzi, per di più seminuda, di sicuro mi avrebbe tartassato di domande e la notizia si sarebbe diffusa all'istante. Dovevo stare più attenta...

Passato il malore, Josh mi accompagnò a cena, dove ci ritrovammo con i "piccioncini" e Filz. Nel bel mezzo della cena, Carl propose di brindare alla nostra futura vittoria... mi sembrava decisamente in vena di bere.

Cos'altro avrebbe mai potuto rilassare i nervi in quel momento, se non il nettare degli dei?

Fu così che la serata trascorse tra gli scherzi, le risate e ovviamente... intere bottiglie scolate come se non ci fosse un domani. Pian piano l'iniziale stato di euforia lasciava il posto all'ebbrezza alcolica e i miei freni inibitori andavano rapidamente ad affievolirsi. Il mio scimmione ai miei occhi appariva sempre più figo... chissà di cosa sarebbe stato capace.

«Mi gira tutto... andiamocene in camera Josh.»

L'indomani ci saremmo dovuti svegliare presto e il post sbornia avrebbe sicuramente presentato il suo conto. Arrivati nella tana con gran fatica, lo scimmione provò a farmi distendere sul letto ma la mia mente in quel momento sognava un prosieguo decisamente diverso.

«Da brava, Meg, rimani distesa, altrimenti di sicuro andrai a sbattere da qualche parte!»

Possibile che quel coglione non sapeva fare altro che stare lì a rimproverarmi?! Tuttavia questa cosa lo rendeva ancora più desiderabile... Mi avvinghiai al suo collo e iniziai a baciarlo fino a trovare le sue labbra che ancora emanavano quel dolce sapore di liquirizia. Quell'attimo mi sembrò eterno fino a quando

Josh si staccò ed esclamò: «Sei impazzita? Per quanto mi possa piacere, di certo ora non sei abbastanza lucida... Adesso rimani qui, io vado a farmi una doccia.»

«Sei un rompipalle! Che c'è di male? E poi è da troppo tempo che non faccio sesso.»

«Datti una regolata e cerca di riposarti ora!» Così dicendo Josh sparì dietro la porta del bagno, mentre io abbandonai la mia testa pesante sul materasso, senza riuscire ad addormentarmi.

Pochi minuti dopo la porta si riaprì e subito lo intravidi, illuminato dalla luce argentata della luna, in tutta la sua bellezza. Contemplai il suo magnifico corpo. Era di sicuro una divinità. Le gambe lunghe e muscolose brillavano per i riflessi dell'acqua; un asciugamano coccolava l'addome e lasciava intuire gli splendidi glutei. Potevo notare i pettorali e la schiena contornati da un tatuaggio maori che non sapevo essere così particolare. Mesi prima mi ero accorta che dai tricipiti partivano dei tribali di cui non si conosceva la fine, a conferma del fatto che sicuramente aveva qualcosa da nascondere. I Maori racchiudono nei tribali gli eventi più importanti della loro vita. Cosa aveva segnato il suo cammino? Dalla spalla partivano dei rampicanti che mettevano in comunicazione il cuore con la schiena attraversando la spalla sinistra: le foglie rappresentate cercavano di farsi spazio tra numerose spine che, a loro volta, proteggevano tre piccole rose.

Ho davanti a me un Dio. «Josh, che c'è scritto sui boccioli?»

D'un tratto si voltò a guardarmi. Non so se fossero le gocce d'acqua che cadevano dai capelli o qualcos'altro, ma un velo di tristezza calò sul suo volto e un attimo di silenzio anticipò le uniche parole concessemi: «La mia famiglia.»

Aveva finalmente risposto ad almeno una delle mie domande.

Quella notte dormimmo mano nella mano.

La mattina seguente, come al solito, Filz alle sette in punto era già pronto ad attenderci davanti all'ingresso dell'hotel, pronto a partire alla volta del Palazzo di Vetro.

Arrivammo alle otto e trenta precise, ad accoglierci trovammo una ragazza alta e bionda, con indosso un tubino blu notte, che dopo una breve visita alle sale aperte al pubblico ci condusse negli spazi dove si sarebbe svolta la simulazione.

Prima di iniziare il dibattito, prese la parola un delegato delle Nazioni Unite, che ci accolse in modo formale, ma con numerosi complimenti.

«Ringrazio voi tutti per aver aderito alla nostra iniziativa. Se siete qui, significa che avete primeggiato tra i vostri colleghi. Questo per me, anzi per noi, è già un traguardo. Sapere che gli standard della nuova generazione sono così alti, non può che innalzare il valore del nostro Paese. Diamo inizio alla nostra conferenza. *Good luck.*»

I delegati di ogni università presentarono l'aspetto sociale, economico e politico dei Paesi loro affidati. Ognuno di essi aveva dedicato ogni singolo momento del soggiorno alla stesura della propria tesina. Lo stesso facemmo anche noi, affidando l'arringa finale a Josh.

«Nonostante nel diritto inglese continui a vigere la regola dello *stare decisis* e siano presenti numerosi *Writs*, vige per il giudice la possibilità di discostarsi dalla regola già disciplinata per quel caso... E con questo mi rimetto alla decisione della Corte.»

La Corte abbandonò l'aula e si riunì in Camera di Consiglio per decretare il vincitore. Rientrarono dopo circa un quarto d'ora e il presidente prese la parola annunciando che la squadra che sarebbe stata decretata vincitrice avrebbe ottenuto una borsa di studio nel Paese rappresentato.

«Pur considerando l'impegno e il lavoro investito da tutti voi, la Commissione ha deciso di premiare l'Università di Chicago. Complimenti!» Linda e Carl sprizzavano gioia da tutti i pori, avrebbero potuto limonare anche oltreoceano, mentre io e Josh ci guardammo preoccupati, consapevoli di cosa significasse per me volare in Inghilterra.

Nel viaggio di ritorno scelsi un posto vicino al finestrino. Non mi andava di parlare con nessuno. Ogni sguardo allegro era una pugnalata. Lo stesso accadde quando raggiungemmo la sala da pranzo dell'hotel. Per tutta la cena rimasi in silenzio, non riuscivo a essere felice della vittoria.

Anche la voce di Filz mi irritava, al punto di abbandonare la hall, per rifugiarmi nel mio nascondiglio.

Distesa sul letto continuavo a fissare il soffitto, mentre i miei compagni avevano organizzato una piccola festa, in quella che originariamente doveva essere la mia stanza. Con gli occhi che scrutavano le tenebre, mi accorsi che si erano fatte le due del mattino. *Dov'era finito Josh?*

«Tranquilla, sono qui» disse rassicurandomi mentre mi guardavo intorno confusa. La sua voce era così confortante da scaldarmi il cuore.

«Josh, posso abbracciarti?»

Avevo bisogno di sentirlo vicino e di cancellare dalla mia anima quel senso di angoscia.

«Non dovresti sentirti in colpa. Sai, loro ti appoggiano e sicuramente saranno felici nel vedere che hai saputo mantenere le promesse fatte.»

Non riuscivo e non riesco, ancora oggi, a spiegarmi come, ma aveva capito quello che provavo. Ero sempre più convinta che nascondesse un segreto. Questo ragazzo, così profondo e sensibile, non poteva essere lo stesso arrogante e prepotente che era stato capace di farsi espellere dalla sua vecchia università per aver massacrato un suo coetaneo.

«Io non sono particolarmente credente» continuò «e non so se dopo la morte ci sia un'altra vita, ma se così fosse, sono certo che loro gioiscano nel vedere la donna che stai diventando.»

Nel dirmi queste ultime parole, poggiò le sue labbra sulla mia fronte e il suo abbraccio si fece persino più caloroso. Non ne ero sicura, ma mi parve di poter scorgere una lacrima sgorgare dai suoi occhi neri.

Eravamo in totale armonia tanto che mi addormentai come una bambina tra le sue braccia.

Il mattino seguente mi svegliai prima dell'orario previsto, ma voltandomi mi accorsi di essere sola. Le lenzuola erano ancora calde e il mio corpo sentiva ancora il suo calore. D'un tratto si aprì la porta della stanza, ma la prima cosa che i miei occhi incontrarono fu un vassoio ricco di dolci.

«Buongiorno, Meg!» Il suo sorriso già illuminava la mia giornata.

«Wow, la colazione in camera? Ma oggi non è previsto il nostro ritorno al campus? Sicuramente tra poco Filz verrà a bussare...»

«Shhh. Parli troppo per essere una che si è appena svegliata! Ho detto al professore che non stavi molto bene e che mi sarei preso io cura di te. Oggi non mi va di condividerti con gli altri. Quando torneremo all'università sarà tutto come prima, eppure in questi giorni il nostro legame si è rafforzato e questo lo hai notato anche tu. Quindi stiamo ancora un po' nel nostro piccolo mondo, ti va?»

Che belle parole, la mia anima non faceva altro che bramare la sua e le mie labbra volevano essere dissetate da un suo bacio ma ero troppo vigliacca per poterlo ammettere, per poter iniziare qualcosa che poi di sicuro mi sarebbe sfuggito di mano.

Per fortuna anche Josh sembrava pensarla così. Si sedette sul letto al mio lato e ci perdemmo in un abbraccio infinito.

Capitolo 17

Il segreto è svelato

Erano trascorse circa due settimane dal nostro rientro e purtroppo era il periodo in cui ci toccava scegliere i nuovi corsi semestrali.

Dico "purtroppo" perché la mia università si era trasformata in una giungla. I miei colleghi correvano da una segreteria all'altra solo per trovare il corso più vantaggioso e meno soporifero.

Roby aveva trascorso le ultime settimane a realizzare un progetto di un laboratorio che le avrebbe permesso di guadagnarsi il venti per cento del suo voto finale.

Ally era sempre appicciata a Josh e questo non mi permetteva di vedere nessuno dei due.

Io ero tornata a essere la ragazza apatica di un tempo. Trascorrevo le giornate distesa sul letto a ricordare i giorni passati a New York. Quante cose erano accadute: Josh che mi rialzava dal pavimento freddo del bagno dopo essere svenuta; la vista del suo corpo scultoreo; il caloroso abbraccio che c'era stato la mattina del ritorno... Non volevo che quelle sensazioni rimanessero sepolte, dovevo rivivere quegli attimi che avevano appagato la mia anima tormentata... Avevo bisogno di Josh! Dovevo parlarne con qualcuno, volevo delle risposte ai miei dubbi... Con chi sfogarmi? E soprattutto, cosa volevo sentirmi dire?

Proprio mentre ero assorta nei miei pensieri entrò in camera Roby.

«Ciao Meg! Da quando sei tornata non abbiamo ancora avuto modo di spettegolare, come stai? Sai come sta anche mio fratello, dato che ancora non si è fatto vivo? Mi avete abbandonata, uffa!»

Dopo aver fatto una smorfia per la vastità di argomenti che avrei potuto utilizzare, iniziai a parlare. Le raccontai del nostro arrivo in aeroporto e dell'autista del taxi che Josh aveva preso di mira. Aggiunsi anche le avventure di Filz e di come non reggesse molto bene l'alcol. Gli raccontai della pista di pattinaggio, delle "slinguazzate" della coppietta che ci aveva accompagnati...

«Quindi ti sei divertita! Mi fa molto piacere. Adesso però voglio i dettagli hot! Tra te e Josh cos'è successo?»

Ecco, la domanda che tanto temevo era giunta. Da dove potevo iniziare? Dal fatto che mi aveva visto nuda, dal bacio o dalle notti passate nello stesso letto da soli?

«Vediamo... abbiamo parlato molto durante quei giorni, consolidando la nostra amicizia. Pensa che una sera mi è sembrato persino disposto a raccontarmi qualcosa della sua vita. E quel tatuaggio! Mettiamo il caso che io abbia potuto osservare i boccioli notando delle iniziali. A chi corrispondono quelle lettere? Lui mi ha detto che hanno a che fare con la vostra famiglia... Mi sono chiesta cosa rappresenta e se nasconde qualcosa di personale quel tribale... Ne sai qualcosa Roby?»

A questa mia richiesta replicò con una frase che non fece altro se non aumentare la mia curiosità e io di certo non volevo lasciarmi sfuggire l'occasione di ottenere quante più informazioni possibili su suo fratello.

«Beh, perché mi fissi in quel modo?»

Roby si fece seria. «A te piace proprio tanto Josh? È così evidente... Da quando mio fratello è arrivato al campus, tu finalmente hai iniziato a vivere. In quanto a quel tatuaggio io so che...»

Le sue parole così dirette mi turbarono, tanto che fui quasi contenta quando vidi la porta della nostra stanza aprirsi all'improvviso e troncare il suo discorso. Dal corridoio piombò nel nostro rifugio una specie di rombante apocalisse: era Luke, che con un balzo si lanciò addosso a Roby, finendo poi col sedersi al suo fianco. Con lui c'era Ally, che dopo avermi dato un bacio affettuoso sulla guancia si accomodò su una sedia. Poi guardai meglio e mi accorsi che nella stanza era entrato anche Josh, deciso a fiondarsi dritto sul mio letto. Mi afferrò e mi fece appoggiare la testa al suo petto, e io cominciai a sentirmi a disagio. Come facevo a eludere le insinuazioni della sorella se poi si comportava in quel modo davanti a tutti? *E che cazzo!*

Finalmente la comitiva era di nuovo tutta unita! Dopo esserci scambiati pensieri sui numerosi problemi burocratici degli ultimi giorni, decidemmo di pranzare insieme. Purtroppo il tempo era contato e quindi dovemmo accontentarci della mensa. Ormai era una vita che non mettevo piede in quel posto, diciamo da quando mi ero licenziata. Credetemi se vi dico che mangiare lì era un'impresa da eroi! Povero fegato! Il livello sempre più basso del cibo del campus fu il principale argomento di conversazione, tanto che il mio cervello, a un certo punto, cominciò a non seguire più quel tipo di discorsi.

«Che cosa stai fissando?» Josh cercò di farmi uscire dalla mia ipnosi, facendomi notare che il mio sguardo si era fissato su un volantino al centro del tavolo.

«Stavo pensando che tra tutte le feste che si organizzano qui al campus, quella più da sfigati, di sicuro, è San Valentino. Posso capire al liceo, ma persino qui... mi sembra eccessivo!»

«San Valentino! Ragazzi, dobbiamo assolutamente andarci. Da quando ci conosciamo abbiamo praticamente preso parte a ogni evento, quindi perché dovremmo farci sfuggire questo?» Ecco Ally esaltarsi nuovamente per una frivolezza, ma ammetto che un po' invidiavo la sua vivacità.

I miei amici non tardarono ad assecondare il suo brillante ragionamento, mentre io mi sentivo sempre la cinica del gruppo. Per evitare inutili battibecchi feci finta di essere entusiasta della cazzata che avevo appena udito.

Falsa!

«Ok, allora è deciso! Venerdì si va all'*Happy Valentine's party*!» Ally non solo aveva ottenuto il consenso di tutti per la festa, ma anche l'aiuto di Josh per scegliere un vestito da indossare per l'evento...

In poco tempo, lasciarono la loro postazione con la consapevolezza che il nostro prossimo incontro sarebbe stato direttamente alla festa.

«Meg, prima che vada via, ascoltami bene» mi disse Roby. «Stai sbagliando a lasciarli troppo tempo insieme... da soli. Lei fa di tutto per conquistarlo, ma è anche consapevole del fatto che non potrà mai averlo, perché appartiene già a te. Ally non farebbe mai niente per ferirti! Quindi basterebbe solo che le dicessi la verità, ma se invece vuoi solamente essere amica di Josh, allora ti prego... non dargli false speranze. Ha già sofferto molto in passato e non merita altre preoccupazioni...»

Quelle parole avevano colto nel segno. Anche se avessi voluto, non avrei potuto aggiungere niente. Roby aveva perfettamente ragione. Stavo sbagliando con Ally, con Josh e soprattutto con me stessa!

I giorni trascorsero velocemente, tanto che il venerdì sera non tardò ad arrivare. Da quel pranzo alla mensa non avevo avuto il coraggio né di chiamare Josh né di rispondere ai messaggi di Ally. Dovevo fare chiarezza nella mia testa smettendo di scappare dai miei veri sentimenti. Nel guardare l'orologio mi accorsi che era giunto il momento di passare ai fatti, era ora di andare a quella stupida festa.

Come previsto, il locale era stato agghindato a tema. Da ogni parte si potevano intravedere fronzoli a forma di cuore e di labbra. Immediatamente vidi i miei amici che mi stavano aspettando all'*Open Bar*. Roby e Luke si facevano notare per aver scelto vestiti abbinati tra loro, per non parlare di quegli occhiali con la scritta "I love you" che erano davvero scandalosi.

Ally, diversamente dalle mie aspettative, aveva deciso di abbinare una minigonna nera a un top svasato rosso che le stava decisamente bene. Josh, con mio grande piacere, indossava una delle mie camicie preferite con i suoi bellissimi pantaloni neri che esaltavano la sua muscolatura.

A ben vedere lì dentro non ero l'unica ad apprezzarlo, soprattutto le zitellone incallite sembravano spogliarlo con gli occhi.

«Tieni, ti ho ordinato un drink. Questa festa non si può reggere per niente senza alcol», disse lo scimmione porgendomi un bel mojito ghiacciato, dirigendoci al tavolo a noi riservato.

Attraversando la pista da ballo, un bel tipo mi palpeggiò il sedere, invitandomi a ballare. Non lo avesse mai fatto...

«Lei può ballare solo con me!» disse Josh allontanando quel cafone.

«È colpa tua! Stasera sei vestita in modo troppo provocante! Certo che se fossi anche un po' più femminile non saresti niente male.»

«Scusa! Mi stai forse dando del maschiaccio?» La smorfia che si disegnò sul mio volto ci fece sorridere, fino a quando con fare serioso, non decise di condurmi fuori dal locale.

Raggiunto il parcheggio, sentii l'aria fresca della notte che accarezzava il mio viso, permettendomi finalmente di respirare. Questa era una delle sensazioni che amavo di più e che mi dava da sempre consolazione e riparo dall'odio che provavo verso me stessa.

«Meg, io non sopporto più questa situazione... Finiamola. Mi piaci e questo lo sai fin troppo bene. Questo nostro continuo tira e molla è deleterio e finisce col creare inutili gelosie...» Ecco i suoi due cioccolatini insinuarsi nei miei occhi. Le sue parole gridavano amore e... come avrei voluto fare lo stesso.

«Josh, mi dispiace non posso. Ogni volta che mi lascio andare succede sempre qualcosa di orribile. Ci ho provato, credimi, ma è un circolo vizioso da cui non riesco più a uscire.»

«Forse è perché non ci hai provato abbastanza.»

«Questo non te lo permetto! Tu sei importante per me e non immagini nemmeno quanto! Se accadesse qualcosa, ne potrei morire questa volta...»

Ecco, avevo finalmente liberato il mio cuore da quel peso.

Con mia grande sorpresa, lui rimase immobile, senza dire una parola. Poi d'un tratto si voltò verso un palo della luce e gli diede un pugno.

Ero sconvolta, che cosa gli stava accadendo?

«Non sei l'unica persona che ha dovuto affrontare dei problemi. Credi che io non capisca come ci si sente a perdere la propria famiglia all'improvviso? Anch'io ci sono dovuto passare, credimi, e ancora adesso a distanza di anni continuo a convivere con i miei sensi di colpa. Maledizione!»

Che stava cercando di dirmi? Aveva perso anche lui qualcuno di importante in passato?

Capitolo 18

Game over

«Meg, quelle lettere che hai visto e che hai più volte cercato di decifrare, ebbene... rappresentano le iniziali della mia vera famiglia.»

Vera famiglia?

«Avevo cinque anni e come ogni bambino mi piacevano i parchi, gli zoo e tutto quello che poteva alimentare la mia creatività. Una domenica, io e mia sorella chiedemmo ai nostri genitori di fare un giro al parco giochi. Purtroppo non avrei mai potuto immaginare le conseguenze di quell'innocente richiesta... Vedi, quel giorno mia madre non si sentiva molto bene, faceva fatica a respirare, ma voleva a tutti i costi rendere felici i suoi figli, così ci accontentò. Poco dopo, mio padre perse il controllo dell'auto a causa del ghiaccio sull'asfalto e invase la corsia opposta, schiantandosi contro un camion...»

Come poteva essere vero? Non ricordavo che Roby mi avesse mai raccontato di un incidente che aveva avuto in passato con i suoi. E poi, perché erano solo in due? Non erano tre figli? Non riuscivo ancora a capire dove volesse arrivare.

«Da quel momento ricordo solo l'ospedale, o meglio, il reparto di terapia intensiva. I miei genitori e mia sorella. Dopo i funerali, mio zio paterno, ovvero il padre di Roby, mi abbracciò forte e mi promise che insieme avremmo superato ogni ostacolo. Da quel giorno entrai a far parte a tutti gli effetti della mia attuale famiglia... Quanto dolore e quanti sensi di colpa, quanta oscurità sono costretto a combattere ogni giorno, da allora... Eppure sono ancora qua...»

Lentamente iniziai ad avvicinarmi a lui e passo dopo passo riuscivo a percepire il suo dolore.

Lacrime calde iniziarono a invadere il mio volto. Se solo fossi stata in grado di farmi carico di almeno una parte di quella sofferenza... Non potei fare altro che asciugare quelle gocce di cristallo, accarezzargli il viso e baciarlo dolcemente.

Il cuore sembrava quasi volermi uscire dal petto, provavo delle sensazioni che mai avrei pensato di poter provare. Avrei tanto voluto fargli capire che ci sarei sempre stata per lui e che insieme avremmo potuto lottare contro i demoni del nostro passato.

In quell'istante, compresi persino il significato della promessa fattami a capodanno. Che stupida che ero stata per tutto quel tempo!

«Josh, sei qui? Oh...»
Roby con la sua intrusione ci riportò alla realtà.
Cosa stavo facendo? Non avrei mai dovuto baciarlo, cazzo mi era saltato per la testa?

Presa dal panico, dopo aver balbettato qualcosa che neanche io ero riuscita realmente a comprendere, scappai velocemente in direzione del parcheggio e salii di corsa sulla mia macchina. Mentre lasciavo vigliaccamente quel posto, mi sembrò di vedere Josh rientrare nel locale, come se non fosse successo niente.

Di sicuro il comportamento incomprensibile che avevo avuto lo aveva fatto incazzare. Dopotutto ero fuggita via dopo che mi aveva raccontato una cosa così intima; lo avevo abbandonato lì, sotto un cielo nero coperto di nuvole, che di lì a poco si sarebbe trasformato in una tempesta.

Guidai senza una meta ben precisa per un paio di ore, mentre fuori il cielo sembrava volesse scagliarmi tutto il suo odio contro. Lentamente la mia mente, ma anche la mia auto, mi condussero nei pressi dell'appartamento di Josh. *Merda!* Dovevo assolutamente rimediare al comportamento infantile che avevo avuto nei suoi confronti: baciarlo e fuggire via come una stupida!

Nel momento in cui mi sembrava di riconoscere quella casa sentii un rumore sordo provenire dal motore. Oltre al buonsenso, anche la mia auto aveva deciso di abbandonarmi. Non sapevo cosa fare e per di più erano già le due del mattino. Forse era un segno del destino che mi imponeva di rimediare al mio errore.

Così, armata di buona volontà, ma soprattutto di speranza, bussai alla sua porta e grondante d'acqua aspettai qualche minuto prima che mi aprisse... O forse furono solo pochi secondi.

La porta si aprì mostrandomi Josh a braccia conserte e con uno sguardo accigliato. Aveva la camicia sbottonata e i pantaloni leggermente scesi sui fianchi che lasciavano intravedere la sua biancheria.

«Che dici, posso entrare o sono di troppo?»

Rimanendo in silenzio aprì la porta continuando a fissarmi e questo non face altro che accrescere la mia inquietudine.

Dovevo trovare il coraggio di parlagli apertamente, dopotutto ero andata da lui proprio per quello.

«Potresti anche offrirmi qualcosa, non lo vedi che sono zuppa d'acqua?»

La paura accelerava i miei battiti e mi faceva buttare fuori una marea di cazzate e di frasi da evitare.

«Perché sei qui?»

Finalmente si era ricordato come si parlava, anche se il suo tono non era di certo accogliente, bensì apatico, privo di emozione.

«La macchina mi è andata in panne a un isolato da qui e... io non sapevo chi chiamare...»

Di certo non era questo il discorso che avevo in mente di fargli.

«Hai rotto il cazzo! Mi sono stancato!» esclamò Josh.

Me ne ero accorta da sola: non c'era bisogno che lo sottolineasse anche lui e questo mi soffocava l'anima.

«Ti ho aperto il mio cuore. Ti ho raccontato il mio passato e i demoni che mi porto dentro e tu cos'hai fatto? Prima mi hai baciato e poi sei corsa via! Ma con chi cazzo ti credi di avere a che fare?»

Mi prese per le spalle e con tutta la sua forza mi spinse verso la porta d'ingresso. Non avevo paura, ma sapevo che eravamo arrivati alla fine dei giochi.

Poiché stava iniziando a farmi male cercai di liberarmi dalla sua morsa e nel rendersene conto, spostò le braccia dal mio corpo al muro, costringendomi a non muovermi da quella posizione.

«Josh… anch'io sono stanca di tutte queste chiacchiere. Con te ho trascorso momenti fantastici e non ti nascondo che più volte mi sono trattenuta dal baciarti. Se mi sono comportata così, è stato per paura. Il ricordo di Marc continua ancora adesso a distruggermi. Ho fatto molti sbagli, ma il più grande è stato reprimere i miei sentimenti per te… La tua costante presenza al mio fianco mi dà la forza di andare avanti. Da quando ho te sento di poter tornare a vivere.»

Josh aveva sentito quello che bramava da tempo, infatti non mi diede nemmeno il tempo di terminare la frase che mi baciò. Il suo gesto fu così delicato e lento che quasi sembrava volesse chiedermi il permesso.

Staccatosi, iniziò a toccare il mio collo mentre i suoi occhi continuavano a divorarmi. Cazzo, com'era desiderabile! Non riuscivo più a resistergli. Mi attirò di nuovo a sé cercando con la mano destra di sbottonare la cerniera del mio vestito. Il tubino nero scivolò lungo il mio corpo, mentre cercavo di togliermi le scarpe senza risultare troppo goffa. Adesso sì che riuscivo a sentire davvero il calore della sua pelle sul mio corpo...

La passione tra noi aumentava sempre di più. Quando mi sollevò da terra alzandomi per i fianchi, mi avvinghiai a lui con le gambe, lasciandomi trasportare fino alla sua stanza.

Piano piano i suoi baci non furono riservati solo alla mia bocca. Iniziarono a essere concessi a tutto il mio corpo, il mio collo, il ventre, le mie gambe e poi di nuovo alle mie labbra... La sua bocca lasciava piccoli stampi bollenti, mentre le mie mani scorrevano tra i suoi soffici capelli.

«Sei in trappola...» bisbigliò al mio orecchio, mentre io ne assaporavo ogni singola lettera. *Game over.*

La mattina seguente, dopo aver fatto colazione, riprendemmo il "discorso" iniziato la sera precedente. Più Josh mi sfiorava e più lo volevo. Beh, se era questa la sensazione che dovevo provare a causa della mia lussuria, allora di sicuro avrei lasciato che la tempesta infernale mi trascinasse da una parte all'altra, in questo girone dantesco. Stare tra le sue braccia mi rendeva felice, persino il suo sguardo era cambiato, non solo nei miei confronti ma anche verso la vita. Ci accorgemmo, dopo esserci nuovamente svegliati, che erano le quattro del pomeriggio ed era arrivato il momento di alzarsi. Siccome passare la notte con lui non era stato previsto nei miei piani, non avevo con me nulla da mettere, perciò fui costretta a indossare un pantaloncino e una t-shirt gigantesca, rubata dal suo armadio.

Arrivata in cucina, mi offrii di preparare il pranzo, se così poteva essere chiamato. Dovevo assolutamente mettere qualcosa nello stomaco. Nel frattempo Josh mi raggiunse, intento a parlare al telefono con qualcuno.

Questo mi fece ricordare che era giunto il momento di inviare un messaggio a Roby, per farle sapere che stavo bene e che mi trovavo sana e salva a casa del fratello.

«Meg, devo darti una brutta notizia. Dopo pranzo devo assentarmi un attimo. Hanno rubato la macchina a quel coglione del mio coinquilino e mi ha chiesto di andarlo a recuperare.»

Avrei approfittato della sua assenza per potermi rilassare e concedermi una lunga doccia ristoratrice.

«Allora Meg, ci vediamo tra un po'. Mi raccomando, stai attenta e non aprire a nessuno» mi disse in modo sarcastico lo scimmione.

La perdita di sali minerali gli aveva di sicuro annebbiato la testa. Non ero mica una bambina!

«Va bene, papà!» risposi scoppiando a ridere.

Dandomi un bacio sulla fronte mi disse ti amo e chiuse la porta alle sue spalle. Avrei potuto rispondergli come si deve invece di rimanere in silenzio... Glielo avrei detto più tardi, *forse*.

Mentre cercavo degli asciugamani nei cassettoni della sua stanza, udii un tonfo provenire dall'esterno.

Corsi subito sul terrazzo sperando di non dover assistere allo scenario che inconsciamente mi ero già figurata: l'auto di Josh si era scontrata con un furgone che stava svoltando nella traversa del palazzo residenziale.

No, Josh!

Corsi giù per le scale con una forza che nemmeno sapevo di avere, varcai il portone e ciò che mi si presentò davanti fu terrificante. Il cofano anteriore dell'auto era completamente distrutto e lui aveva la testa china sul volante.

In poco tempo una folla di curiosi si era radunata attorno alla scena.

«Qualcuno chiami un'ambulanza!» mi feci largo tra i curiosi, con le lacrime agli occhi...

Aprii lo sportello della macchina del posto dei passeggeri e vidi la fronte del mio compagno grondare di sangue.

«Josh, mi senti?» No che non poteva sentirmi, aveva perso i sensi...

«Ti prego apri gli occhi... Josh, non puoi lasciarmi... Io ti amo!» Avrei dovuto dirglielo davanti alla porta e non adesso che non poteva più sentirmi.

Oh Josh, avevo capito quanto fossi importante per me, solo quando la paura di perderti per sempre aveva messo in ginocchio la mia anima.

Afferrai la sua mano, cercando di trasmettergli tutta la forza che avevo. Da lontano sentivo le sirene dell'ambulanza farsi sempre più forti, mentre l'oscurità avvolgeva il mio corpo, così come io tenevo stretto vicino al mio cuore il viso di Josh.

Capitolo 19

Non lasciarmi

Una lucina cominciava a ondeggiarmi davanti agli occhi, mentre la folla si disperdeva velocemente, come se nulla fosse accaduto.

Gli infermieri continuavano a farmi numerose domande, alle quali avevo ripetutamente risposto. Stavo iniziando a incazzarmi, volevo andare da Josh...

«Vi ho già detto che il sangue sulla felpa non è il mio, ma del mio ragazzo!»

«Adesso porteremo entrambi in ospedale. Lì potrà avere informazioni, ma solo dopo essersi sottoposta a degli accertamenti.»

«Allora lei non ascolta!» ribattei. «Io, in quella macchina, non c'ero!»

«Si calmi e venga con noi.»

Saremmo stati trasportati presso il Chicago Med. Lungo il tragitto, nella mia mente, si figuravano gli avvenimenti degli ultimi mesi.

Quanto tempo sprecato a nascondersi nel passato! Infiniti attimi che avrei potuto trascorrere con i miei amici e soprattutto con lui. Avevo conosciuto persone fantastiche che mi avevano fatto sentire parte di una nuova famiglia, avevo sconfitto il mio passato, ero tornata a vivere!

Ora riuscivo realmente a capire cosa aveva provato Josh: perdere i genitori, la sorella, trasferirsi in una città sconosciuta e far parte di una nuova famiglia.

Sembrava che niente di tutto questo fosse accaduto, era riuscito a riprendere in mano la sua vita. Mai una volta aveva lasciato trapelare la sua sofferenza, al contrario di me, che ne ero continuamente attanagliata. Adesso capivo perché voleva eccellere in ogni cosa che faceva, voleva costantemente essere riconoscente nei confronti dello zio che non lo aveva abbandonato, nel momento del bisogno.

Perché Dio lo stava nuovamente mettendo alla prova, accanendosi contro chi era già rinato una volta? Perché voleva portarmelo via?

Non lo avrei mai permesso. Avrei fatto di tutto per tenerlo legato a questo mondo, per tenerlo stretto a me!

* * *

Le luci al neon della sala d'attesa continuavano a infastidirmi, non facevano che accrescere l'ansia che provavo. Ero seduta su quella sedia plastificata da quasi mezz'ora e ancora nessuno mi aveva spiegato le sue condizioni: sapevo solo che all'arrivo in ospedale Josh era in codice rosso.

Era come se fossi un fantasma! Agli occhi di infermieri e dottori esistevano solo i "loro simili", uomini e donne con lunghi camici. Sembrava che vivessero in un mondo tutto loro, si muovevano col capo chino e lo sguardo fisso nel vuoto, non prestavano il minimo interesse a chi tentava di rivolgere loro delle domande.

Mi chiedevo ora, in quale girone infernale fossi finita...

«Signorina!» Finalmente qualcuno aveva udito i miei lamenti e cercava di placare quell'agonia dovuta all'attesa.

«Lei è qui da sola?» Feci cenno di sì con la testa.

«Lei ha rapporti di parentela con il signor Kent?»

«Non proprio...»

«Allora la prego di contattare il prima possibile un genitore, un fratello o un parente prossimo, perché il suo amico si trova in terapia intensiva e le sue condizioni sono molto gravi. Abbiamo bisogno del loro consenso, per procedere...»

In quel momento mi venne il panico e iniziai a vedere tutto nero. Era come se qualcuno mi avesse pugnalata al petto, ma dovevo restare calma.

«Voglio vederlo!» Urlai a quella vecchia infermiera che continuava a guardarmi come fossi un'aliena, ma non mi rispose e preferì ignorarmi.

Capivo di non essere una sua parente, ma c'ero io su quella maledetta macchina a tenergli la mano. Com'era potuto accadere? Forse il suo problema non era il destino, ma ero io.

Com'è strana la vita: un attimo prima ti ritrovi a fissarti negli occhi perché hai finalmente ammesso i tuoi sbagli e vinto le tue paure e subito dopo ti senti calpestare il cuore, frammentato ormai in mille pezzi, perché la persona più importante per te è in ospedale che lotta tra la vita e la morte.

Non ero nemmeno riuscita a dirgli che lo amavo, pensavo di avere a disposizione una vita intera e invece... questo stava per diventare il mio più grande rimpianto.

Il mio cuore non aveva più autonomia, il mio corpo tremava, le mie gambe non avevano più la forza di sorreggermi, sembrava essere morto nel momento in cui aveva visto il volto insanguinato di Josh. Niente avrebbe avuto più senso se non fosse tornato da me!

La mia anima questo lo sapeva e continuava a urlare: *Non lasciarmi, torna da me, amore.*

Indice